人とつき合う法

河盛好蔵著

新潮社版

1788

目次

人とつき合う法

イヤなやつ

鷗外《おうがい》と漱石《そうせき》

人とつき合う法についておしゃべりをするに当って、まず「イヤなやつ」から始めるのは、多少の理由がある。いうまでもないことだが、「イヤなやつ」という言葉は、決してひとをほめた言葉ではない。われわれが、なるべく人づき合いをよくしようと努力するのは、他人から「イヤなやつ」といわれたくないからである。しかし、世のなかで、多少とも頭角《とうかく》を現わしている人間で、「イヤなやつ」と批評されなかった人がかつてあったろうか。

文壇とか芸能界は昔からひとの口のうるさいところであるが、森鷗外が死んだとき、雑誌『新潮』の主幹中村武羅夫《むらお》は、次のような記事をかかげた。「生前はイヤな奴《やつ》だと思っていても死後その人の逸話《いつわ》や私生活を知ると何となく好きになって来る人がある。ちょっとした逸話にその人の人間らしい面目が見えて、生前の反感が打消されて了《しま》うような人がある。原敬だの山県有朋《やまがたありとも》だの出羽の海だのは、生前イヤであったが、死んでから割合に好感を持てた。ところが生前もイヤな奴で死後も尚《なお》イヤな奴がある。大隈《おおくま》だの森鷗外だのがそれだ。彼等の死後業々しく報道される彼等の人となりを知れば知るほど、一層親しみが持てない」云々《うんぬん》。これに対して、永井荷風《かふう》がきびしく抗議したことは、文壇史の有名な一ページとなっている。

鷗外と並び称された夏目漱石についても、名作『黒髪』の作者近松秋江《しゅうこう》が、「僕は暗《あん》に世をすねとるようなあのポーズがどうも気にくわんです。あすこにどうも嘘《うそ》があると思うですよ。西園寺《さいおんじ》公《こう》の清談会へ出席しなかったりね。博士をことわったりね。どうもありゃ眉唾《まゆつば》ものだな」といって散々にこきおろす話が、長田幹彦著『文豪の素顔《すがお》』のなかに出てくる。

喬木《きょうぼく》に風が強い

そういう近松秋江が、彼の家で一週間ばかり女中をした林芙美子《ふみこ》に、イヤなひととして『放浪記』のなかに書かれているのは面白い。文学者というものは人一倍感情的で、嫉妬心《しっとしん》が強く、好ききらいが烈《はげ》しいから、普通の社会では立派な紳士として通っている人に対しても、イヤなやつとか、虫が好かないとかいって、悪口を言うのであろう。しかし鷗外や漱石の文学が、いかなる人物評にもびくともしないで、高くそびえていることは、あらためていうまでもあるまい。

「喬木に風が強い」といわれるように、人間は名声を得てくれば、得てくるほど、世間の風あたりが強くなることは、あらゆる社会において共通のことである。「イヤなやつ」といわれることを気にしていては、生きてゆくことも、自分の志をとげることもできない。フランスの大政治家ブリヤン*は、世評というものを全く気にかけず、彼を攻撃した新聞などは少しも読まないで、いつも「自分にとって大切なことは、他人が自分のことをどう考えているかということではなく、自分が奴らのことをどう考えているかということだ」と豪語していたという。社会の接触の多い仕事をしている人は、多かれ少なかれブリヤンのような度胸をもっていなければ、世のなかをしのいでゆくことはできまい。

私が「イヤなやつ」について論じようとするのも、ひたすらに「イヤなやつ」といわれない方法について考えようというのではない。われわれは、いくら、人から好かれようと努力しても、すべての人から好かれるわけには決してゆかない。それは、われわれがあらゆる人を、分けへだてなく愛しようとしても、絶対にそうはゆかないのと同じである。そんなことは仏陀《ぶっだ》やキリストでなければできはしない。われわれは人間であるかぎり、特別に好きな人や、どうしても好きになれない人ができてくるのは当然である。大切なことは、自分の好きな人が、すぐれた人、立派な人であることであろう。

いや、しかし、これもまた、いちがいにそうとは言い切れないところがある。いくらすぐれた人、立派な人でも、好きになれない人、親しみのもてない人がいるものだ。私個人についていえば、同じく偉い人であっても、漱石には私淑《ししゅく》する気持はあるが、鷗外には親しみを感じることが少ない。

くり返していえば、われわれはすべての人を愛することも、すべての人から愛されることもできない。しかし社会生活においては、自分の気に入った人間だけとつき合うこともできなければ、自分を好まない、自分を「イヤなやつ」と考えている人間に、つき合ってもらわなければならないばあいも、たびたび出来てくる。いやむしろ、そういうばあいのほうが多いであろう。人と付き合う法について工夫をしなければならないのはまさにそのようなばあいである。お互に親愛の情を感じ合える人間同士のあいだには、交際術の必要はないのである。

河盛好蔵という男

そこで、再び、ふり出しに戻るのであるが、他人から「イヤなやつ」と思われないようにするには、どうしたらいいのであろうか。それよりも「イヤなやつ」とは、一般的にいって、どのような人間を指すのであろうか。それにはまず諸君の周囲を見まわすだけで十分である。もしくは諸君自身のことを考えてみるのが近道であるかもしれない。自分は人に好かれているであろうか、それともいやがられているであろうか、と自問自答するのである。

私自身のことを考えてみると、私はまず人に快感を与える容貌《ようぼう》の持主ではない。性質についていえば、他人の幸福よりも不幸を喜ぶ根性《こんじょう》の悪さがある。自分はできるだけ怠《なま》けて、人を働かせ、その功を自分だけでひとり占《じ》めしたいというズルさと、欲の深さがある。権力者にはなるべく逆《さか》らわないで、時としては進んでその権力に媚《こ》びようとするいやしさがある。絶えず世のなかの動きを眺めていて、できるだけバスに乗りおくれまいとする、こすっからいところがある。他人にはきびしくて、自分には寛大な、エゴイストの部分が非常に多い。ケチで、勘定《かんじょう》高くて、他人の不幸にはそ知らぬ顔をし、自分の不幸は十倍ぐらい誇張《こちょう》して、いつも不平不満でいる。考えてみると、「イヤなやつ」の条件をことごとく具《そな》えている。

そして、こんなことを、あけすけに書いた方が、かえって得になるとひそかに計算していのであるから、われながら嫌悪《けんお》にたえない。そして私のような人間に限って、人に対して好ききらいが多く、自分に圧迫感を与える人間を見ると、すぐに「イヤなやつ」呼ばわりをするのである。

しかし居直って言わせてもらえば、たいていの人間はみなそれぞれイヤな部分を具えているのではないか。人間的なというのは、イヤなやつだというのと同意義語であるかもしれないのだ。そして、このイヤな部分によって、お互に反発すると同時に、お互に愛し合うばあいも少なくないのである。人間の長所美点は、ふしぎにその短所欠点と結びついている。どこから見ても、非の打ちどころのない人間などというものは、私などから見ると、ほとんど魅力《みりょく》がない。そういう人間は、ある意味からすると、「イヤなやつ」ともいえるのである。こちらのひがみであるかもしれないが。それはともかく、人とつき合う法は、この自他のうちにある「イヤなやつ」の処理から始めなくてはならない。

ブリヤン　アリスティード・ブリヤン Aristide Briand　一八六二—一九三二　フランスの政治家。首相、外相等を務めた。一九二六年、ロカルノ条約締結でノーベル平和賞受賞。

秀才気質《かたぎ》

いつか文藝春秋社主催《しゅさい》の文士劇で、宮本武蔵《むさし》に扮《ふん》して名演技を見せた*石川達三君は、芝居が終ってから、「武蔵という男は実にイヤなやつだよ、あんな男は友達にしたくないよ」と言っていた。そのわけをきくと、「あまりにも合理主義的だ」というのであるが、石川君はさらにつけ加えて、「トルストイの言葉に、生れてから一度も病気にかかったことのない男は友人にするな、というのがあるだろう。つまり武蔵というのはそんな男なんだ」と教えてくれた。それをきいて、なるほどと私にも理解のできる気持がした。

つき合いにくい人

「われ事において後悔せず」というのは武蔵の座右《ざゆう》の銘《めい》であったと聞いているが、一生涯後悔したことのないような正しい人、強い人は、たしかにつき合いにくい存在にちがいない。そういう人は、どんなに思いやりがあっても、結局、弱い人間の本当の悲しさを理解することができないのだ。

「生れてから病気にかかったことのないような」健康無比な人間には、病人に対するこまかい思いやりがないのと同じである。『徒然草《つれづれぐさ》』の作者も、「友とするにわろき者」のなかに「病なく身つよき人」をあげている。

無病強健の人に対して病身の人間が反感を抱《いだ》くのは、いうまでもなくその人間のひがみである。いくらひがまれても、こちらは同情して病気になるわけにはゆかない。

頭脳や才能についても同じことが言えよう。あいつは頭がよすぎると悪口を言われても、持って生れた優秀な頭脳を、わざわざ悪くすることはできない。普通の人間なら一時間かかっても十分に飲みこめないことを、わずか五分で理解できたからといって、反感をもたれてはたまらない。

しかし同じく秀才と呼ばれる人間のなかにも、凡人に尊敬され、彼らを推服させる秀才と、反感だけしか呼び起さない秀才とがある。いわゆる人徳のある人と、ない人との区別であるが、それについては、現代フランスの小説家ジャック・ド・ラクルテ*ルの『シルベルマン』という小説が多くの教訓を与えてくれる。この小説は『反逆児』という標題で、亡友青柳瑞穂《あおやぎみずほ》君の邦訳がある。

ここにシルベルマンと呼ばれるユダヤ人の秀才学生がいる。彼は日本流にいえば、高校の二年生である。よその高校から転学してきたのであるが、入学早々から嶄然《ざんぜん》頭角をあらわした。まず英語の会話の時間に、彼は活発に手をあげて、何度となく発言を求め、クラス中のだれよりもはるかに楽々と英語をしゃべった。そしてほかの連中などはまるで眼中にないような態度だった。休み時間になっても、彼は決して仲間と遊ばず、何かの競技が始まっても、そしらぬ顔をしている。そのくせ、何かごたごたが持ち上がると、目ざとくそれを見つけて、すぐそばにやってきて、しきりに自分の意見をはきたがる。

自尊心

教室では彼は教師のお相手になることばかり考えて、しばしば教壇に近づいて、先生に取入るような様子をする。仲間のうわさが出ると、彼は低能でとおっている二、三の者を愚弄《ぐろう》したり、面白おかしく彼らの真似《まね》をしてみせたりする。しかし成績は抜群で、作文の時間にすでに二度も一番をとった。そのために、これまでの優等生の仲間に嫉妬を起させるようになった。一方、怠け坊主《ぼうず》たちからお祝いを言われても、ふふんと鼻であしらうような態度を示すので、優等生以外の階級からも怨《うらみ》を買わないではいられなかった。のみならず、彼は立派な成績にもかかわらず、先生たちからも好かれなかった。ある日、一人の先生のごときは、彼があまりしげしげと教壇のところにやってくるのをうるさがり、みんなにも聞えるほど荒々しい言葉で、彼を追い返したことなどもあった。

シルベルマンはこんな風にして、またたくまにクラス中、いや、学校中の嫌われ者になり、憎まれ者になった。彼が校庭に姿を見せると、みんなが、「やあ！　シルベルマンが来たぞ、やっつけてやろうぜ」と叫んで、寄ってたかって、突き飛ばしたり、帽子を奪ったり、本をたたき落したりした。しかし彼は一向に抵抗せず、ただ、毒舌《どくぜつ》をもって報いるだけであるが、その毒舌がまた急所に突きささるので、ますます相手を激昂《げっこう》させるのだった。

そのうちに、シルベルマンの頭脳に敬服し、彼を級友たちの迫害から守ってやろうとする一人の友人が出てきた。彼はシルベルマンのために、それまでの親しい友人と仲たがいするほど、友情を尽すのであるが、その唯《ただ》一人の味方も、シルベルマンのそばにいると、頭の上に手をおかれているような、彼のために牛耳《ぎゅうじ》られている気持をときどき感じないではいられなかった。シルベルマンのなかに見出《みいだ》されるのは、なによりもまず相手をへこませようとする宿望、烈しい自尊心でふくらまされた宿望だった。おのれの優越を証明しようとする、どんな感情よりも頑強《がんきょう》な野心だった。彼は、ただ自分を光らせたいばかりに、異常な物語や、逆説的な意見を探すといった風であった。

共同生活のために

シルベルマンのその親友は、何かといえばすぐ激昂したり、しゃべりたがったり、自分を目立たせたがったりする癖《くせ》を失《な》くしてやろうと思って、心の落着きということと、控え目であることを勧告し、「君はある感情を秘密にしているとき、また自分の考えや欲望を他人に用心ぶかくかくしているとき、一種特別の快感をおぼえないかね」と言ってもだめだった。級友の迫害がつのるにつれて、彼はますます頻繁《ひんぱん》に感情を激発させるようになり、不正なことや滑稽《こっけい》なことを見ると、かかさず辛辣《しんらつ》な皮肉をもって指摘し、恐ろしいことには、しまいには、他人の不幸を見てよろこぶようにさえなった。

結局、この小説は、シルベルマンの父がスキャンダルを起したために、彼が学校を自分から出てゆくことで終っている。作者の意図は、ユダヤ人であるために理不尽《りふじん》な迫害を受けるシルベルマンを擁護《ようご》することにあるのはもちろんであるが、われわれは、この小説を読んでいると、シルベルマンに深く同情すると同時に、もしクラスのなかに、これと同じような秀才がいたら、きっと反感をもつにちがいない、さぞかし「イヤなやつ」と思うにちがいない、ということをも同時に感じるのである。

その理由はいろいろあるが、シルベルマンが、あらゆる機会を目ざとく捕えて、自分を、自分だけを目立たせよう、自分だけを光らせようとする態度に我慢ができないのである。この態度は、自分だけが正しくて、他はまちがっていると断定する、おそるべき増上慢《ぞうじょうまん》に通じている。こういう人は、共同生活や、共同作業に最も大切な、できるだけ自分を殺して、しかも自分の能力を活《い》かす、自分の能力を自分だけのために役立てないで、全体の力とする、ということができないのである。しかし世のなかにはこの種の秀才のいかに多いことか。このようなチームワークのできない秀才はついに人の頭《かしら》に立つことはできないであろう。

石川達三　一九〇五―八五　作家。『蒼氓《そうぼう》』で第一回芥川賞受賞。代表作に『神坂四郎の犯罪』『四十八歳の抵抗』『傷だらけの山河』『金環蝕《きんかんしょく》』『青春の蹉跌《さてつ》』等。
ジャック・ド・ラクルテル　Jacques de Lacretelle　一八八八―一九八五　フランスの作家。一九三〇年、*Amour nuptial* でアカデミーフランセーズ小説大賞受賞。

つき合いのいい人

私の友人にAさんという大学教授がいる。専門は国文学であるが、私などがきいてもよく分らない特殊な部門を研究しているので、ジャーナリズムで原稿が売れるというわけにはゆかず、俸給《ほうきゅう》以外には一文の収入もなく、妻子五人をかかえての生活は相当に苦しいらしい。ところが、私の友人のなかでも、Aさんほど「つき合いのいい人」も珍しいのである。

ある親子

友人縁者の冠婚葬祭《かんこんそうさい》に義理を欠かさないのはもちろん、会合という会合には、案内があるかぎり、もれなく出席する。それればかりではない。いついかなる場所で顔をあわせても、いつもこちらの誘いに応じて、どこへでもつき合ってくれる。それがいつでも欣々然《きんきんぜん》として、迷惑そうな気《け》ぶりを少しも見せないのだから、私のような身勝手な男は、こちらから誘惑しておきながら、おしまいには、「いったい君はつき合いがよすぎるぞ」といってからむような結果になることも一再にとどまらない。それでもいやな顔をせずに最後までつき合ってくれるなんともありがたい友人である。

そのAさんに太郎君という息子さんがいて、これが親父《おやじ》に輪をかけて「つき合いがいい」らしいのである。太郎君は現在では某私立大学の工学部の学生であるが、高校生のころは学校でも指折りの秀才で、先生がたから、東大入学の有力候補に数えられていた。ところが太郎君は、入学試験が近づくと、仲よしの友人たちのことが気にかかってならず、自分の勉強はいいかげんにして、友人の家を歴訪して勉強の様子を見てまわる。時としてはその友人の家に泊りこんで、一緒にむつかしい数学の問題を考えたりする。

太郎君のつもりでは、同じ東大へ入るにしても、自分ひとりだけじゃつまらない。仲のいい友人たち全部と一緒に入りたいというのである。その心がけはまことに感心であるが、残念なことには太郎君の仲よしは、学期試験にはいつも太郎君におぶさってどうにかやってきた連中が多いために、仲よく肩を並べて東大をパスするというわけにはとてもゆかない。結局最初の年は、太郎君も含めて、全部が仲よく落第した。

第二年目はさすがに親父に対する気がねもあるから、太郎君はおとなしく家にとじこもって勉強していたが、受験期が近づくと、どうにも心が落ちつかない。友人のことが気にかかってしようがない。そこで、親父さんの目をかすめて、またもや友人の歴訪を始め、そのためにラスト＊ヘビーをかけるべき時期を失して、またもや仲よく肩を並べて落第してしまった。二年つづけての落第に、息子の才能を信用していただけにAさんは腹を立てて、「いったいお前はひとづき合いがよすぎる。今のような競争の激しい時代には、まず自分のことを第一に考えなければ世のなかを渡ってゆけないぞ」といって、太郎君をきびしく叱《しか》った、という話をきいて、われわれ悪友たちは大笑いをした。

結局、太郎君は東大をあきらめて、現在の私大に入ったわけだが、入学すると、すぐにサッカー部か何かに入って、こんどもまたきわめて「ひとづき合い」がいいために、マネジャーの有力候補にされているという話である。

太宰治《だざいおさむ》の自虐《じぎゃく》趣味

亡《な》き太宰＊治君も、非常に「つき合いのいい」男だった。ジャーナリストに対してはもちろん、つまらない文学青年の取り巻きにまで、いやな顔ひとつせずにつき合ったために、忙しい身体《からだ》をますます忙しくし、あげくの果ては、生きていることがいやになっている女性のおつき合いをして、一緒に死んでしまった。しかし太宰君のつき合いぶりを見ていると、彼は、自分の気に入らない人間、イヤでたまらない人間に、かえって積極的に、よくつき合ったように私には思われる。つまり、できるだけ自分をいじめて、それを客観視してみようとする自虐趣味である。だが、太宰君に親切につき合ってもらっていた連中の大部分は、そのような太宰君の心のなかを見破ることができず、もしくは彼の辛《つら》さ悲しさを理解することができず、「ひとづき合いのいい」友人、もしくは先輩ぐらいに軽く考えていたのではないかと思われる。

しかしイヤなのを我慢してつき合ってくれる友人と、イヤなときにはイヤだとはっきりと表明してくれる友人と、どちらが有り難いだろうか。これは簡単にはきめにくい。こちらが心に鬱《うっ》することがあって、話相手を欲しがっているときには、たとえ迷惑であっても、どこまでもつき合ってくれる友人は有り難い。「ひとはだれでも友の腕の中に憩《いこ》いの場所を求めている。そこでなら、われらの胸は悲しみを存分にぶちまけることができる」とゲーテ*も言っているではないか。だが、なにかといえば、ひとをつかまえて愚痴《ぐち》をこぼす人間は、友人としてあまり好ましい存在ではない。そんな人間はつめたく突っぱなして、イヤな顔をして見せるほうが、かえって友情にかなうことになる。相手に「こん畜生」と思わせることによって、のちに感謝されるばあいだって決して少なくはないのである。

「イヤ」ということ

友人としては、つき合いの悪い人間より、つき合いのいい人間のほうが好ましいのにきまっている。しかし私たちはだれでも、すべての人に対してつき合いのいい友人よりも、自分自身に対してとくにつき合いのいい友人を珍重する本能をもっている。「みんなの友だちになろうとする者はだれの友だちにもなれない」というのは、「友情論」の第一ページである。したがって、「あの男はつき合いのいいやつだ」という言葉には常に多少の軽蔑《けいべつ》が含まれている。あたかも、「あの男はつき合いにくいや」という言葉のなかに、一種の敬意が含まれているように。

のみならず、人間には妙な虚栄心があって、つき合いにくいとか、めったに人と会わないとかいう評判の高い人に対しては、なんとかしてそれに接近して、自分だけがその人の友人になりたいとする傾向が強いものだ。人間嫌いで通っていた永井荷風と親交があったことを手柄話《てがらばなし》にする人があとを絶たないのはその一例である。

たしかに、ひとにいつも悪い顔を見せないというのはむつかしいことである。それには少なからぬ忍耐力を必要とする。「つき合いがいい」ということが一つの美徳と見なされるのは、それには自我の一部を殺すことが要求されるからである。自己犠牲《じこぎせい》なくしてはそれが行われないからである。だが、あまり自分ばかりを殺していると、いつのまにか自分自身がなくなってしまう。だれにでもつき合いのいい人になるかわりに、角《かど》がとれすぎて、その人間独特の個性がなくなってしまう。といって私は友人のAさんや、太郎君を軽蔑しているのではない。この親子は本当にいい人たちである。なぜなら、彼らのつき合いのよさは天性のものであって、少しの無理も感じられないからである。しかし私たちはこんな風にはゆかない。イヤなときは、イヤな顔をするほうが心の衛生にかなっている。そして、そのほうが結局永く人とつき合えることになるにちがいない。

ラストヘビー　最後の頑張り。ラストスパート。
太宰治　一九〇九―四八　作家。著書に『走れメロス』『新ハムレット』『津軽』『お伽草紙《とぎ》』『パンドラの匣《はこ》』『ヴィヨンの妻』『斜陽』『人間失格』等。
ゲーテ　ヨハン・ヴォルフガング・フォン・ゲーテ Johann Wolfgang von Goethe　一七四九―一八三二　ドイツの詩人、戯曲家、作家、自然科学者、政治家、法律家。著書に『若きウェルテルの悩み』『ファウスト』『ゲーテ詩集』『ゲーテ格言集』等。

名もない虫

フランスの詩人で劇作家で、日本にも来たことのあるシャルル・ヴィルドラック*の原作を、*辰野隆《たつのゆたか》先生が*翻案《ほんあん》された戯曲に『客』というのがある。場面は、山の手の、夫婦と下女の三人暮しの、ある静かな官吏の家庭で、雪の夜の、夕飯がすんだばかりの時刻である。雪のどんどん降っている寒い晩だが、となりの家では、今夜も大ぜい来客があって、にぎやかな笑い声が、この静かな家庭の茶の間にまできこえてくる。夫の民蔵は、きくともなく、その笑い声に耳をすませながら、細君に向って次のように述懐《じゅっかい》する。

友達のない寂しさ

「どうも、己《おれ》は誰とも親しめないようだ。誰にとっても、己は『仲間』ではないらしい。唯、同僚《どうりょう》というだけだね。人をひきつけない、仲よくなれない同僚なんだろう。夕方になって、役所の時計が五時になると、己は忘れられてしまうんだ。役所でも仕事の話しか、ほとんどしないんだからね……もし誰かにその人の家に招待でもされたら、こちらでびっくりして断るかもしれない。考えてみると、原因は自分にあるんだ……友達が一人もないと思うと、多少、はずかしいようでもあるね……友達なんか、誰も、己《おれ》のとこには来たことがないだろう。己達も友達のとこなんかに行ったことはないじゃないか。

ねえ、己が話をしている連中は皆、毎日顔を合せている連中だよ。お互に遠慮はしていない。しかし己はとても、呼びすてなんかできないね。『君』とか『さん』とか、何とかつけなくては呼べないんだ。『おい加藤』『ねえ杉山』という風にスラスラ出てこない。出たって、恐らく、ぎごちなくて、おかしいにきまっている。だから、結局やめてしまうことになるんだ。ところが、皆はさかんにやっている。それが実に自然なんだ。空気をはいたり吸ったりしているように楽々とゆくんだ。己はまたそういう親しい呼び方が大好きなんだが、口まで出そうになって……やっぱり、いけない。何だか軽い言葉も、いやにしかつめらしくなって、己にうつらない。

それればかりじゃない。やさしく物をいおうと思う時でも、やっぱり、いけないね。いやに丁重《ていちょう》になりすぎるのだ。妙に儀式張ってしまって、温味《あたたかみ》がなくなる。己と話をしても、愉快ではないだろうからね……つい、遠々しくなる。だから誰も己と仲よくなろうとは思わない筈《はず》だ。己は誰からも存在を認められないようにできてるんだよ。

ぱっとしたところがまるでないもの。仮りに、己にどこかいいところがあったにしても、己はそれを強《し》いて見せないような妙な性質があるね。自分というものを、思い切って出すことができないんだ。それから、性質ばかりじゃないよ。風采《ふうさい》がね……一寸《ちょっと》見たところが、他人の目をひくところでもあればだが……印象は、本当に大切なもんだね。第一印象で、光が射したり、影ができたりするからね……どうも、己は陰気に見える男だ。で、ね、己は時々、なんという虫だか知らないが……よく見る虫なんだが……その虫のことを考える。羽もない、のろまな、泥のような色をして、別に害にもならない虫さ……子供だって相手にしやしないんだ。あの虫のことを考えるよ」

交際をあきらめた人

彼が細君を相手にこんなことをしゃべっているときに、全く彼らにとって思いがけなく、旧友の千葉が訪ねてくる。夫婦は心からよろこんで、なんとかしてその客をもてなそうとするのだが、平素から客に慣れない夫婦は、言うこと、なすことがぎごちなくてスムーズにゆかない。しかし客は上機嫌《じょうきげん》で、この次はぜひ自分の家へ遊びに来てくれと、夫婦に約束させて帰ってゆく。そのあとで夫婦は、その客が何か用事があってやってきたのではなかったろうか。それが自分たちの態度や下手《へた》なあいさつのために、言いそびれて帰って行ったのではないだろうかと、一瞬間疑うが、しかしやっぱり、本当の友情から訪ねてきてくれたにちがいないと、自分の心に納得《なっとく》させる。「そうだ、それにちがいない。己《おれ》もそう思うよ。しかし、あんまり慣れないことだもんだからね。……けれども非常にうれしかった。非常に……」というのが、幕切れの台詞《せりふ》になっている。

どうだろう、諸君のなかに、この主人公の述懐をきいて、身につまされる人はいないだろうか。むかし、この戯曲を初めて読んだとき、私は、自分もまた、その羽のない、のろまな、泥のような色をした名もない虫の仲間であることをしみじみと感じたことを覚えている。彼らは、人とつき合うことが下手というよりは、最初から人とつき合うことをあきらめている人間である。もちろん寂しいにはきまっている。しかし、その責任は全部自分にあることをよく知っていて、だれをもうらんではいないのだ。この戯曲では、夫婦ともに、名もない虫であることに甘んじているために、夫婦だけで、小さい世界を作りあげて、そのなかに閉じこもっている。もし、この主人公が独身なら、彼は、読書や、自然や、もしくは動物を飼ったりすることのなかに、生きた人間との交際からえることのできない慰めを見出しているにちがいない。

この戯曲の原名は『ランディジャン』といい、それは「生活に必要なあるものを有せぬ人」という意味だそうである。つまり処世知に乏しい人ということができようか。この種の人は、おそらく花々しく立身出世をする人種にはぞくさないであろう。しかし、もしこの種の人と、本当に交わりを結ぶことができたなら、それは百人の社交に長《た》けた人と友人になるよりも、頼みがいがあるにちがいない。ただこの種の人は、自ら進んで交わりを求めないために、こちらから、相手の「思い切って出すことのできない自分」を、上手に引き出してやることが必要である。その「口まで出そうになっている親愛の情」が、自然に流れ出るように仕向けてやることが大切である。

荒野の立木

原作者のヴィルドラックには、別に『訪問』と題する詩があって、同じく雪の夜に、いつか訪問を約束した旧友のことを思い出して、その友人の家に出かける男のことを歌っているが、そのなかに次のような言葉がある。

彼はその男が、心持も
言葉つきも謹厳《きんげん》なことを知っていた
そうしてどこにも人を引きつけるような所は持たず

そうして荒野の中の立木のように
一人で生きていることを知っていた。

（堀口大學《だいがく》訳）

荒野の中の立木でいることは寂しいことにちがいない。しかし、どこにも人を引きつける所を持たないことを自覚している人間は、それについてくよくよとあせるよりも、自然のままで一人で生きているほうが賢明である。世のなかには、そういう人を、吹雪《ふぶき》の夜にでも千里を遠しとせずして訪ねてくる人がきっといるものである。悠々自適《ゆうゆうじてき》しているに越したことはない。

シャルル・ヴィルドラック Charles Vildrac 一八八二―一九七一 フランスの詩人、戯曲家、作家。一九六三年、アカデミーフランセーズ文学大賞受賞。
辰野隆 一八八八―一九六四 フランス文学者、随筆家。東京帝大の仏文学の教授として三好達治、小林秀雄、今日出海《こんひでみ》、中村光夫等多くの後進を育てた。
翻案 別の形に作り変えること。小説を戯曲に、戯曲を宗教劇に仕立て直す等。

割勘《わりかん》について

こんなフランス小咄《こばなし》がある。

デュヴァル君は二人の友人とその細君たちと一緒に、自動車でパリ郊外をドライヴすることになった。パリを出て三十キロばかりのところへ出ると、彼は右どなりにいるデュポン君の耳もとでこっそりとささやいた。

——ねえ君、僕らの友人のデュラン君は近ごろひどく不如意《ふにょい》なんだ。で、まことにすまないが、自動車賃は君が払ってくれないか。そのかわり昼飯代は僕が受けもつから。

——いいとも、引き受けたよ、とデュポン君が答えた。

それからしばらくしてデュヴァル君は、こんどは左どなりにいるデュラン君の耳もとで、こっそりとささやいた。

——ねえ君、僕らの友人のデュポン君は、近ごろひどく不如意なんだ。で、まことにすまないが、昼飯代は君がもってくれないか。そのかわり自動車賃は僕が払うから。

――いいとも、心得たよ、とデュラン君が答えた。

ずるい男もいるものだが、しかし私たちが一緒にお茶を飲んだり、飯を食ったり、もしくは長い距離をタクシーに乗ったりするときには、だれがそれを支払うか、ということは相当気になることである。クラス会とか同窓会のように、最初から会費のきまっているのは気が楽だが、仲のよい友だちが偶然顔を合わせて、だれいうともなく、これから一パイ飲みに出かけようじゃないか、といってくり出すときには（そしてこの種のばあいが、私たちのつき合いではいちばん多い）、最後の勘定になると、気前のいい男がいて、すぐに払ってくれるのでないかぎり、一瞬間座が緊張するのが普通である。

合理的な支払い方

そのとき、だれかが「割勘にしようじゃないか」と言ってくれると、みなホッとする。しかし、それを最初に言い出すには、ちょっとした勇気がいるのである。というのは、割勘というものは、なにかシミッタレのように、いまだに考えられているからである。

だれでも知っているように、割勘のことを英語では「オランダ式のおごり」とか

「オランダ式の勘定」とかいう。それは、オランダ人はスコットランド人と並んで、最も吝嗇《りんしょく》な国民と考えられているからである。してみれば、イギリスでも割勘はシミッタレなこととされていることが分る。余談になるが、フランス語では、「オランダ式のおごり」に当る言い方はないようである。それはフランス人は、吝嗇の点にかけてはどこの国民にも劣らないから、オランダ式などとは気恥ずかしくて言えないからかもしれない。というより、フランスでは割勘こそ最も合理的な支払いかたで、シミッタレなどとは、少しも考えていないからに相違ない。

わが国では、慶応大学の学生は割勘主義を、かがやかしい（かどうか知らないが）伝統として守っているのに対して、早稲田の学生には、金のある者が率先《そっせん》して支払う美風（かどうか知らないが）がある、ということをきいた。もっとも、こういうことを私に教えてくれるのは、私と同時代の慶応や早稲田の卒業生であるから、現在でもその通りであるかどうか、私は知らない。

ところで私自身はどうかというと割勘主義に大賛成である。天性ケチで、勘定高いからかもしれないが、そのほうが精神の衛生にかなっていると信じている。自分の飲み食いしたものは自分で必ず支払うが、ひとさまの勘定までは手がとどきかねますという方針を確立して、それを実行するほうが、酒を飲みながら、今日の勘定はだれが払うのだろうかと心の隅《すみ》で考えているよりは、はるかに酒がうまいはずである。

それと同時に私は、他人からおごってもらうのもあまり好きでない。亡き池田成彬《しげあき》*は、だれからも、いかなる種類の借りもないことを誇りにしていたそうであるが、私はそんな強い性格の人間ではなく、むしろ、役人をしていたら、情にほだされて汚職行為をやりかねない弱さがあるので、そのような弱さに抵抗するためにも、他人からできるだけ恩恵を受けないように努力しているのである。つまり、ひとの親切を恩に着やすいから、ひとからおごってもらったりすると、なんとかして早くお礼をしなければならぬと考え、その気持の負担に苦しむからである。

きくところによると、イギリスでは、バーやクラブなどで、友人から酒をおごられると、すぐその場でおごり返すことになっているそうである。その風習はうらやましい。友人の好意を喜んで受けて、それをその夜のうちに返せるからである。わが国のように、返礼するまで、いつも気にかけていなければならぬよりは文明的ではないだろうか。

私の割勘主義も、人に迷惑はかけたくないかわりに、人からも迷惑をかけられたくないという個人主義、もしくはエゴイズムから出ているのである。つき合いにくいやつだと言われればそれまでだが、しかし、人間同士のつき合いでは、このほうが長持ちすることは確かである。

君子の交わり

「君子の交わりは淡きこと水の如《ごと》し」という有名な格言がある。ある人の解釈によると、これは、君子の交わりには金銭が伴わない、という意味だそうである。人間のつき合いに金銭がからんでくると、どうしてもその交わりが濁ってくる。兄弟もただならぬほど親しい交わりをしていた親友同士が、急に仇敵《きゅうてき》のようになることは珍しいことではないが、その原因を探ってみると金銭問題に端を発していることが少なくない。金銭の負担は、たとえどんなにささやかなものであっても、お互にかけないように心がけることは、人とつき合う上に、何よりも大切なことである。割勘主義も、そのための一つの配慮である。君子は交わるに割勘主義をもってす、と言ったら言いすぎになるだろうか。

割勘と言っても、それは同僚や友人のあいだでやるべきことで、目上の人や先輩と食事を共にしたときに、そんなことをしたら、失礼に当ると考える人は多いであろう。たしかに、せっかく本当の好意から御馳走《ごちそう》してやったのに、「先輩、勘定は割勘にして下さい」などと言う後輩がいたら、きっとイヤなやつだと思われるにちがいない。

しかし先輩にはタカるものという考え方もどうであろうか。先輩たりとも、みだりにおごってもらうべきではない。

むかし泉鏡花《きょうか》*が後輩の里見弴《とん》*氏の小説を「煙管《きせる》*持たしても短刀位に」といって激賞したあとで、こんなことを書くと仲間ぼめだと言われそうだが、そんなやつは「喚《わめ》かして置いて、此方《こなた》は酢章魚《すだこ》で一杯やろうか、それとも青柳鍋《あおやぎなべ》を……割前で*」と書いたことがある。この「割前で」の意味を玩味《がんみ》すべきである。

池田成彬 名は「せいひん」とも。一八六七—一九五〇 財界人。三井合名会社常務理事、日本銀行総裁、内閣参議、大蔵大臣兼商工大臣、枢密顧問官を歴任。

泉鏡花 一八七三—一九三九 作家。作品に『外科室』『高野聖《こうやひじり》』『婦系図《おんなけいず》』『歌行燈《うたあんどん》』等。

里見弴 一八八八—一九八三 作家。著書に『善心悪心』『多情仏心』『安城家の兄弟』等。

煙管持たしても短刀位に 泉鏡花の随筆のタイトル。正しくは「煙管を持たしても〜」。煙管を持っただけでも女性の心を斬《き》ってしまうくらいのいい男という題意。

……割前で 「割前」は、集団による儲《もう》けのうち自分の割り当て分のこと。里見弴の小説を泉鏡花が激賞したことで売れて儲かったなら、その割前を寄越せという意味にとれる。

悪口について

江戸中期の国学者で歌人の村田春海《はるみ》は、「うなぎのかば焼と人の悪口が一ばん好きだ」と言ったという話をきいたことがある。私も以前ある雑誌で、「現代五つの楽しみ」について書かされたとき、人の悪口を言う楽しみをその第一にあげた。その理由として、「碁《ご》や将棋《しょうぎ》のできない人間はあっても、悪口の言えない人間は世のなかには存在しないから、われわれは、いつ、いかなるところでも、またどんな人間を相手にしても、この楽しみにふけることができる。そのうえ、一文も金のかからないところがますますありがたい」と書いたことをおぼえている。

その効用

言いかえると、人の悪口を言うことは、人とつき合う上において、必要欠くべからざるエチケットなのである。だれかが諸君に向かって、その場にいない共通の友人や先輩の悪口を言い出したとき、そんなことはいっこう諸君の興味をそそらないばあいでも「おや、君もそう思うかい」と相づちを打つのはもちろん、それに輪をかけた悪口をあとからあとへと持ち出せば、その場の空気がにわかに活気をおびてくるのは、われわれの常に経験するところである。

たしか*深瀬基寛教授も、おたがいにイヤなやつだと思っている共通の友人をサカナにして酒を飲むときほど、話のはずむことはない、と書いていた。もっとも教授は、翌日になって感じる自己《じこ》嫌悪《けんお》と後味の悪さについても、正直に告白していたが。

ひとの尻馬《しりうま》に乗って、共通の友人や先輩の悪口を無責任にしゃべることの軽薄なのはいうまでもない。しかし、そういう仲間には決して入らず、人の悪口が始まると、にがにがしそうな顔をして席を立ってゆく人が、必ずしも常に君子というわけには参らない。

十九世紀のフランスの文学者にジュール・ド・ゴンクールという人がいる。浮世絵についての著作などのある小説家で、例のゴンクール賞を作った人であるが、この人は公の場所で、他人の悪口などは決して言わない温厚な長者であった。しかし、死後彼の日記を調べてみると、友人や同時代の作家たちの悪口がどっさり書いてあって、それらの人たちが生きているあいだは、完全な形でその日記の刊行が許されないほどだった。つまりゴンクールは、人の前では、他人の悪口を言わなかったが、日記のなかでは、思い切りそれをぶちまけていたのである。

いわゆる内向型の人間で、私なぞは、この種の人よりも、人前をはばからずに、思ったことをどしどし言う人のほうが好きである。その種の人のほうがつき合いやすい。ものを書くと、思い切った毒舌《どくぜつ》を吐《は》く人で、直接会ってみると、まことにおだやかで、如才《じょさい》のない人がよくいるものだが、私などにはどうもにが手である。

悪口と友情

だが、この種の人こそ、怒るときには本当に怒る人で、平生、悪口を小出しにしている人間は、かえって、まさかのときに、腰くだけになるのかもしれない。いや、その傾向は大いにある。偉い革命家に*小言幸兵衛《こごとこうべえ》はいないようである。

ところで私たちは、悪意からのみ人の悪口を言うとは限らない。それどころか、悪口が友情の表現であるばあいがしばしばある。人間というものは、親しくなればなるほど、相手に対して注文が多くなるのが普通であり、また当然である。そして、その注文は常に悪口の形で表現される。自分にとってどうでもいい人間の悪口などを言う興味は全くない。したがって、友人の悪口には常に耳を傾けるべきであって、あいつはおれの悪口ばかり言ってやがるから、もう絶交だと早まってはいけない。

る。もちろん、友情のひとかけらも含まれていない、悪意のみに貫かれた悪口も存在する。世評というものは、ことごとくといってよいほど、この種の悪口だといってよい。したがって私は、だれにも評判がいい人物よりも悪評を一身に背負っている人間のほうに興味がある。あれだけ悪口を言われるからには、相当な人物にちがいあるまいと考えるからである。原敬《たかし》は、今でこそ大政治家として尊敬されているが、生きているあいだは悪口ばかり言われていた。しかし彼は決して言いわけをしないことを信条としていた。それは、言いわけをすると、必ず自分以外のだれかを傷つけることになるからである。これは全責任を一身に引き受ける、まことに男らしい態度であって、彼の生前の悪評は、この男らしさから発していたと考えても不当であるまい。

当人の前で言え

話はわき道にそれたが、人とつき合う上で大切なことは、いくら友人の悪口を言ってもかまわないが（なぜなら悪口を言うのは人間の本能であるから）、それには常に友情が根底になっていなければならぬということである。友情から発した悪口なら、それが相手の耳に入っても少しも困らないだろうし、むしろ、そのほうを好むはずである。そのためには、当人の前でも、同じ悪口を言うことができなければならない。

そういう悪口は、友情を深めこそすれ、相手にうとまれるようなことは決してあるまい。だが、そのばあい考えなければならないことは、自分が相手からそのように、あけすけと悪口を言われても、それに耐えられ、進んでは、それに感謝できるだろうかということである。友人に注文の多いのは結構だが、自分にも足りないところがどっさりあることを忘れてはならない。それを忘れないかぎり、悪口が単なる悪意と取りちがえられることはないであろう。

もっとも、これは原則論だから、常にこのとおりゆくとは限らない。人によっては、苦言《くげん》を喜ぶ人もあれば、甘言《かんげん》を喜ぶ人もある。自分には耐えられる苦言でも、相手には我慢のできない侮蔑《ぶべつ》と感じられるばあいも決して少なくない。したがって、よくも知らない人の悪口は慎んだほうがよい。第一軽薄である。と同時に、ひとから悪口をあまり言われない人は、自分には、通り一ぺんの友人しかないのではないかと反省してみることが必要である。

村田春海ほどではなくとも、私たちは、だれでも悪口を言ったり聞いたりすることはきらいでない。しかし、人によって、悪口を言うほうが似つかわしい人と、そうでない人とがある。たとえば、*大宅《おおや》壮一君のような人からは、ほめられたりすると、かえってうす気味が悪い。悪口を言ったほうが人に親しまれるとは、まことに得な性分であるが、これも一種の人徳であろう。

何を言っても誤解されない、というのが本当の友人であると、いつか中村光夫君が*書いていた。至言《しげん》である。いつも相手の顔色を見てものを言わなければならぬつき合いはたまらない。悪口が誤解されないで相手に通じるような交友こそ、最も望ましい。しかし悪口を言うのも一つの才能である。友情のこもった悪口は、お世辞《せじ》よりもむずかしい。悪口の才能のない人は、だまって笑っているほうが無難《ぶなん》であろう。

深瀬基寛　一八九五―一九六六　英文学者。京都大学、南山大学、大手前女子大学等で教鞭《きょうべん》を執った。『エリオット』で読売文学賞受賞。

小言幸兵衛　落語の演目名。口うるさい麻布古川の長屋の家主《いえぬし》、田中幸兵衛の話。転じて、小言ばかりいう人を指す。

大宅壮一　一九〇〇―七〇　ジャーナリスト、ノンフィクション作家、評論家。一億総白痴化、駅弁大学、太陽族等鋭い評言が流行語になることも多かった。

中村光夫　一九一一―八八　文芸評論家、作家。『風俗小説論』『谷崎潤一郎論』『志賀直哉論』『贋《にせ》の偶像』『日本の現代小説』『ある愛』等。読売文学賞、野間文芸賞等受賞。

物くるる友

誰でも知っているように、『徒然草《つれづれぐさ》』の作者は、「よき友三つあり」として、「一つには物くるる友、二つにはくすし（医者）、三つには智恵《ちえ》ある友」をあげている。まことに心憎い選び方であるが、とりわけ「物くれる友」をよき友の第一にあげたのは、人とつき合う法によく通じた人の言葉であると思われる。

本当の贈りもの

たしかに「物をくれる友人」はありがたい。私もそんな同学の友人を一人もっている。かりにAさんと呼んでおこう。Aさんは非常な蔵書家で、また愛書家である。暇があれば古本屋をあさり歩いている。ところでAさんは、自分の専門に関係のある本を集めるだけではなく、私の専門のこともよく覚えていて、それに役立ちそうな本が見つかると、すぐ買ってとどけてくれるのである。いつかも私がエッフェル塔の作られた一八八九年のパリ万国博覧会のことを、ある雑誌に書いていたら、まもなくAさんから、その博覧会の日本館の仏文の出品目録を送ってきてくれた。なんでも大阪の古本屋のカタログで見つけたという話だった。全く思いがけないおくりものだっただけに、私は文字通り狂喜した。これに似たことは度々あるのである。

すでに書いたように、私はひとからものを貰《もら》いっぱなしにしておけない性質だから、私の方でも心がけて、Aさんの悦《よろこ》びそうな本を見つけると、できるだけ（というのは財布《さいふ》と相談しなければならないから）それを買っておくることにしている。したがって、Aさんの方からすれば、私もまた「物をくれる友」ということになる。しかし、私がそのような「よき友」になれたのは、もちろんAさんのおかげである。

私がAさんのおくりものに感謝するのは、すばらしい金目のものを送ってくれるからではない。いつも私のことを心にかけていてくれて、その友情のあかしをときどき見せてくれるからである。これが本当のおくりものだと思う。人によっては、ときどき物を送らなければ示されないような友情は本当の友情でない、という人があるかもしれぬ。いや、大いにありそうである。しかしそんな人は、ひとから物を貰ったときの悦びは知っていても、ひとに物をおくるときの悦びを知らない人にちがいない。友情というものを観念的にしか考えていない人である。だが難点はまた別のところにある。

「私は、おくりものを受けるより、与える方が好きである。愛するものの顔が、すでにあきらめていた願望が突然にかなえられることによって悦びに輝くのを想像するほど、強い悦びはない。子供たちがまだ幼くて、彼らを幸福にしてやることが私たちの力でできるあいだは、玩具屋《おもちゃや》の店先を見て歩くのは楽しいものである。しかし、悲しいことには、彼らの心を奪うようなおくりものは、やがて私たちの力には及ばなくなる」こんなことをアンドレ・モーロワ*が書いている。

贈り、貰う技術

わが子に彼らの欲しがっているものを買ってやるときほど純粋な悦びはあるまい。それは相手から私たちが少しの代償も求めていないからである。だがモーロワのいうように、子供の要求が次第に大きくなり、親の力がそれについてゆけなくなると、与える悦びも、与えられる悦びも次第に純粋ではなくなってくる。ものを買ってやっても、以前ほど率直《そっちょく》に悦ばないわが子の顔を見るのはさびしいものである。また金持の家庭によく見られるように、親が自分の秘密や弱みをかくすために子供にものを買ってやり、子供の方でもそれを知ってそれを利用するようになると、親子の関係は、他人よりも冷たくなる。

こんな風に親子のあいだですら、子供が成人してくると、与え、与えられる関係が複雑になってくる。まして友人同士のあいだでは、子が親からものをもらうようには、友人のおくりものを簡単に受け取ることができないのである。どんなに、「物をくれる友」が「よき友」であっても、それになんらかの代償が伴っているとしたら、私たちは単純に悦んではいられないし、また与える側にあっても、痛くもない腹を探られることは不快きわまりないことであろう。まことに、人にものをやることも、人からものを貰うことも、考えてみれば、なかなかにむつかしいのである。それには技術を必要とする。

思うに、人にものをおくるには、無造作《むぞうさ》ということが第一のようである。どんなに心をこめたおくりものであっても、それをあからさまに相手に分らせようとすることは、奥ゆかしいことでないのはもちろん、折角《せっかく》のおくりものの効果が半減する。それは人に恩を売ることにほかならぬ。純粋な動機からのおくりものは、相手の悦ぶ顔を見たいというだけが目的のはずだから、それ以外のものを求めてはいけないだろう。相手が必ず悦ぶにちがいないものを、さりげない調子で、おくりものにするほどシックで、またいい気持のことはないのではあるまいか。人にものをおくるのは、相手を悦ばすよりも、まず自分自身がそれでいい気持になるためである。安倍能成《よししげ》*氏の『岩波茂雄伝』を読むと、岩波という人は、ひとを御馳走《ごちそう》することは大好きだったが、ひとに御馳走になることは嫌いだった。安倍さんは、それを「岩波のエゴイズム」という言葉で表現されている。ひとにものをくれることの好きなのもまた一種のエゴイズムであろう。与えることの自己満足である。したがって、すでに与えることによって十分満足している以上、相手から更に悦びや感謝を要求することは、欲が深すぎるというべきかもしれない。

もの悦びする人

しかし、だからといって、「相手が自分にものをくれて悦んでいるんだから、だまってもらっておいてやろう」というのでは、人とつき合う法ではない。ひとからものをもらう技術は、与える技術に劣らずむつかしいのだ。俗に「もの悦びをする人」ということをいわれるが、世のなかには、どんなささやかなおくりものでも、いや、ささやかであればあるほど、心から感謝の気持を現わしてくれる人がいるものだ。想像力の豊かな、思いやりの深い人で、相手がそのおくりものをしてくれたときの気持や、そのために払ったさまざまの苦心を、残るくまなく推察して、相手の好意に十分に報いてくれる人である。われわれが人にものをおくるのは、たとえ自己満足から出ているにしても、心のなかで相手の悦びと感謝を期待しているのはいうまでもない。またそのおくりものによって、自分の趣味のよさや、思いつきのすばらしさをほめて貰いたいという気持も十分にある。それを的確に見ぬいて、相手を満足させることが「ものの悦びをする」ことであって、「ものをもらう技術」の要諦《ようてい》なのである。「物くるる友」が「よき友」であることは確かであるが、それをいつまでも「よき友」にしておくのは「物をもらう側」の責任である。またいつでも、心から悦んで「物をもらってくれる」友は、「物くるる友」に劣らず「よき友」であるというべきであろう。

アンドレ・モーロワ　André Maurois　一八八五—一九六七　フランスの作家、伝記作者、評論家。著書に『結婚・友情・幸福』『英国史』等。

安倍能成　一八八三—一九六六　哲学者、教育者、政治家。法政大学、京城帝大で教鞭を執り、一高校長、貴族院勅選議員、文部大臣、学習院院長等を務めた。漱石門下の四天王の一人。『岩波茂雄伝』で読売文学賞受賞。

他人の秘密

ある経験

私は昭和十九年一月から終戦の時まで、海軍大学校研究科事務嘱託《しよくたく》というのを勤めていた。初めて学校へ出たとき、教頭の某少将から、「君がこれからやる仕事は軍の機密に関することが少なくない。したがって交友関係には十分注意してほしい。できるなら、これまでの友人とのつき合いをやめてほしい」と申し渡された。これにはびっくりした。しかし私の命じられた仕事は、海外の雑誌や新聞の翻訳《ほんやく》やダイジェストを作ることで、軍の機密とはなんの関係もなかったが、場所が場所だけに、深刻なニュースがどこからともなくもれてくる。しかし、そのような悪いニュースは、たとえ本当のことであっても、自分で信じたくない気持があるのであろう、口にすることが恐ろしかった。私は流言をきくことも、飛ばすことも好きな方であるが、あまり本当のことばかり耳にするようになると、かえって口が固くなったから不思議なものである。

そのころ、往来で親しい友人に会ったことがある。彼は空襲で家を焼かれて、着のみ着のままであったが、意気軒昂《けんこう》たるものがあり、「今に連合艦隊が出撃してやっつけてくれるよ」と確信ありげに話していた。私はそのとき、「連合艦隊などはとっくの昔になくなっているよ」と口のさきまで出かかっていながら、だまって手を握っただけで別れた。いかにも友達甲斐《がい》がないようであるが、私としては、そんなことを、したり顔にしゃべって何になるという気持だった。その場合、もし私が友人の立場にいて、「バカだなあ、連合艦隊なんて一隻《せき》も残っていないよ」と言われたら、たとえそれが本当であっても、きっとイヤな気がしたろうと思う。

それはともかく、人の知らない秘密を自分だけが知っていて、しかも、それを他人に絶対にもらしてはいけないということは、私などにとっては堪《た》えがたいことである。そんな重荷は最初から背負いたくはない。

打ち明けたい気持

ところで私たちのつき合いでは、友人から、「これは君だけに打ち明けるのだが」といって、一身上の秘密を明かされたり、それについて相談を受けたりすることが、しばしば出てくる。大抵の場合、当人が思いこんでいるほどの重大事ではないが、相手は真剣だから、こちらも真面目《まじめ》になってきいてやらねばならぬ。その上、ほかの友人に話さずに、とくに自分に目をつけて打ち明けてくれたということは、こちらの自尊心をよろこばせる。そこで、こちらも進んでいろいろ相談にのってやるわけであるが、秘密を打ち明けたり、打ち明けられたりするには、それにふさわしい友情の地盤《じばん》が必要である。

こちらが、それほど親しい友人とは思っていない人から、重大な秘密を打ち明けられるのは、まことに迷惑な話である。私などは時々全く未知の人から、手紙で一身上の重大な問題について相談を受けることがあるが、どう返答してよいのか途方《とほう》に暮れることが少なくない。しかし、きくところによると、そんな人は、心のなかのもやもやしたものを、だれか他人に打ち明けさえすればよいので、それで十分満足して、返事などは求めていないのだという。そんな人たちばかりとは限るまいが、世のなかには、自分の心の秘密を、だれかに打ち明けずにはいられない人の多いことも事実である。

そんな人は、友人のだれ彼をつかまえて、「これは君だけに打ち明けるんだが」と言って、大して重大でもない秘密を告白する。きかされた方は、最初は自分だけかと思っていたら、あちらにも、こちらにも被害者のあることを知って、「なんだひとをバカにしてやがる」ということになるのである。

自分の悩みを自分ひとりで背負うことができなくて、他人の助力を求めることは、意気地《いくじ》のないことではあるが、しかし、くよくよと自分ひとりで悩まないで、友人に相談して、新しい局面を打開することも私たちにはしばしば必要なことである。そのために私たちは友人をもっているともいうことができるのである。ちかごろは自殺をする若い人が少なくないようだが、それらの人は、大抵心のなかを打ち明けて相談する友人をもっていなかったことが報告されている。痛ましいことである。

しかし人間には、相当言いにくい、はずかしいことでも、率直に告白できる人と、悩めば悩むほど口の重くなる人とがある。すぐ友達のできる人と、そうでない人との区別でもあるが、まさかのときには、あの人だけには何もかも打ち明けて話せるという友人を、私たちは平素から作っておくことが必要である。カトリックでは、お寺のなかに、告白室があって、洗いざらい心の悩みを司祭の前で打ち明けられることになっているが、あれは大きな救いであると思われる。

秘密を守る難しさ

ところで友人から重大な秘密を打ち明けられたときは、私たちはどうすればいいのだろうか。その秘密を固く守るということがまず第一である。それが相手の信頼に答える最上のやり方である。相手が思いあまって打ち明けたことを、軽々しく他人に話すほど背信《はいしん》の行為はない。たといその告白が、第三者から見て、いかに滑稽《こっけい》で、また愚《おろ》かしいものであっても、それを座興の種《たね》にすることは許されない。相手が、そのような告白をしたことをあとで後悔しているときはなおさらである。

人間は気の弱っているときには、つい、言わずもがなのことまで打ち明けてしまうものである。それをいつまでも覚えていて、相手をからかう材料にするのは悪趣味であり、思いやりのある態度とは言えない。そういう告白は、できるだけ早く忘れてやること、また忘れたような顔をしてやることが友情というものである。

よく、あいつはおれに頭の上がらないことがある、と言って、他人の弱点をにぎっていることを、得意になっている人がいるものだが、人に弱点を見せるということは、その人を信頼していることにほかならぬ。あの友人なら自分の弱いところを見せても安心だという信頼感があればこそ、恥も外聞《がいぶん》も、その友人の前では忘れることができたのではないか。それを鬼の首でも取ったようにいうのは、友人の信頼を裏切ることにほかならぬ。弱味を見せたために軽蔑《けいべつ》されるということは、本当の友人のあいだでは決してあってはならぬことである。

友人の秘密は固く守らなければならぬということは、友人に秘密を打ち明けること は、その友人の心に重荷を背負わせることだということである。他人の秘密を守るこ とは、自分の秘密を守るよりもはるかに骨の折れることである。したがって私たちは よくよくの場合でなければ、自分の秘密の重荷を友人に分担させてはならない。自分 のことはまず自分で処理するのが第一であろう。

話題について

「友人との交わりの目的とする所は、ただ親密になり、往来をし、懇談《こんだん》することである。つまり魂の鍛錬《たんれん》であって、そのほかにどんな収穫も期待しない。そんな間柄《あいだがら》の会話では、主題はなんでもいいのだ。そこに重味がなかろうと、深味がなかろうと、そんなことはどうでもいいのだ」

こんなことをモンテーニュ*が書いている。たしかに友人同士の会話では、なにをしゃべってもよい、というのが一ばんの魅力である。「私は、わが党の士なら、だまっていても、微笑を浮べているだけでも、それを感じることができる」と更にモンテーニュが書いているが、だまって、顔を見ているだけで楽しい、というのが本当の友人というものであろう。

自分自身の考え方

しかし私たちは、そういう友人とばかりつき合っているわけにはゆかない。私たちが日常接触する相手は、絶えず話題に気をくばっていなければならぬ人々であるのが一般である。いや、親しい友人とのあいだでも、会うたびに話すことがきまっているようでは、その友情は永続きはしないだろう。そこで話題ということが人とつきあう上に大切なことになってくるのである。

ある青年が、恋人との結婚の承諾を求めるために、恋人の父親（彼は政治家であった）を訪問したことがあった。この種の会見では、双方とも話の糸口を見つけるのに苦労するものであるが、まず父親の方から、「今日は寒いようですね」と言った。すると、その青年は「はあ、寒冷前線が××海上××キロのところまで張り出していますので」と答えた。そこで父親は次の話題につまってしまい、二人は永いあいだ、だまって顔を見合せたままだった。「真面目な青年らしいんだが、もう一つ面白味のない男だね」と、その父親は私に話していた。結婚申込みの方はどうなったか聞きもらしたが、しかしこのとき、その青年が、のっけから、とうとう天下国家を論じても、その父親を満足させたかどうか疑わしい。話題というものは、その場その場に適したものがある筈《はず》で、それをうまく見つけることが大切なのである。それにはまず話題を豊富に用意していなければならない。

しかし、豊富な話題といっても、だれでも知っているようなことを、いくらたくさん仕込んでいてもだめである。その人は、つまらないことを、あまりにもたくさん知っているということで、却《かえ》って相手を退屈させ、相手に軽蔑されるだろう。話題には、それを話す人に独特な何かがなければならぬ。世間に知れ渡った事がらであっても、それについての見方や考え方が独特であれば、きく人の耳を傾けさせることができるだろう。一般に文学者の談話が面白いのは、彼らは、どんなことでも、自分の目で見、自分の頭で考えて、それを人に話すからである。時として、こと更に、変った見方をしようとする傾向もなくはないが、それがまた彼らの身上《しんじょう》であり、魅力《みりょく》になっている。

病気、食べもの

「人間は好んで自分の病気を話題にする。彼の生活の中で一ばん面白くないことなのに」これはチェーホフ*の言葉であるが、だれが話しても、一応人々の耳を傾けさせることのできるのは病気の話である。とくに、なにかの病気を独特の療法《りょうほう》で治した話は必ず人を謹聴《きんちょう》させる。これはだれでも、どんな健康な人でも、心の片隅《かたすみ》に病気に対する不安があるからであるが、同時に、話す人の実感がそこに強く出ているからである、何事についても、人からきいた話よりも、自分で体験した話の方が、きき手を感動させる。本当に話の面白い人は、耳学問でたくさんの珍しいことを知っている人ではなくて、体験の豊富な人である。

私はいつか子母沢寛《*しもざわかん》さんから、サルを飼う話をきいたことがあるが、その面白さに、文字通り時間のたつのを忘れてしまった。それはことごとく子母沢さんの体験から出た話だったからである。学者の研究余話や、名人の芸談の面白いのも同じ理由である。病気の話と同じく、だれにも興味のあるのは食べものの話であろう。これは食べものについては、どんな人でも発言できるからである。つまり共通の話題にすることができるからである。戦争中、私たちが食べものの話に夢中になったように、原水爆の話に夢中になることができたら、世界の平和は期して待つべきかもしれない。他人の悪口が、共通の話題として最も悦ばれるものの一つであることは、すでに書いた。

結局、話題というものは、まず相手を共通の広場に誘い出すものでなければならぬこと、そしてその次は、徐々に相手を自分の得意とする領域に引き込むものであるべきだ、ということになろうか。

聞き上手

ところで会話の要諦《ようてい》は、自分だけがしゃべるのではなく、相手にも十分にしゃべらせるところにある。相手にも会話の悦びを感じさせせないような人は、話し上手とは言えない。座談の名手と称せられている人は、同時に「きき上手」な人である。それは『週刊朝日』に連載された徳川夢声氏の「問答有用」を読めばよく分る。

すでに物故《ぶっこ》したが、ドイツの伝記作家にエミール・ルードヴィヒ*という人がある。ゲーテやナポレオンの伝記のほかに、『ヨーロッパの指導者たち』という、同時代の大政治家たちの面白い人物論も書いているが、この人はまたインターヴューの名人として有名であった。そのルードヴィヒが戦後まもなく『パリ評論』に『インターヴューの技術』という、まことに興味深いエッセーを発表した。

インターヴューの方法について彼の蘊蓄《うんちく》を傾けたものであるが、そのなかで彼は「インターヴューをするときに最も大切なことは素朴《そぼく》であることだ。何らの成心《せいしん》なしに物を聞く人間の方が、なにか議論を吹きかけてやろうという下心のある物識《ものし》りより、会見の相手によろこばれ、歓迎される。また相手に向って彼らの専門のことについて質問するよりも、一般的な、実際的な問題について、その意見をたたく方が、相手から話を引き出しやすい。というのは彼らは自己の専門の領域においてのみならず、一般的な問題についても、彼らの意見が、世間で興味をもたれているということを知って悪い気持がしないからである」と書いている。

人と話をするときにも、この忠告は大いに参考になるだろう。自分の話をきいてもらうためには、相手にも十分しゃべらせなければならぬ。その誘い水が、つまり話題であるが、相手がすぐに飛びついてくる話題は、どのような種類のものであるかは、ルードヴィヒの言葉で明らかであろう。

最後にチェーホフの言葉をもう一つ紹介しておく。「どもりどもり馬鹿げたことをしゃべる男と、毎日食卓を共にするのはたまらない」

モンテーニュ ミシェル・エイケム・ド・モンテーニュ Michel Eyquem de Montaigne 一五三三―九二 フランスの哲学者、モラリスト、人文主義者。主著『エセー』は以降の西洋哲学に大きな影響を与えた。

チェーホフ アントン・パーヴロヴィチ・チェーホフ Anton Pavlovich Chekhov 一八六〇―一九〇四 ロシアの戯曲家、作家。「かもめ」「三人姉妹」「桜の園」等の戯曲の他、数多くの優れた短編小説を発表した。

子母沢寛 一八九二―一九六八 作家。著書に『新撰組始末記』『新編勝海舟』『父子鷹』等。菊池寛賞受賞。

エミール・ルードヴィヒ Emil Ludwig 一八八一―一九四八 ドイツの作家。『ビスマルク』『クレオパトラ』等、伝記小説を多数発表した。

酒の飲みかた

相手を選ぶ

『酒』*という雑誌がある。毎年正月号に「文壇酒徒番付」というものが発表されて、私も以前にその末席を汚したことがある。それはどうでもいいのだが、そのあとに、番付編成に立ち合った知名のジャーナリスト諸君の座談会がのっていて、そのなかで、私が酒に酔うとすぐ威張り出して説教を始める悪い癖《くせ》があると指摘されていた。これには大いに閉口した。酒を飲んで人に威張り散らすなどとは、酒飲みとしては下《げ》の下《げ》なるもので、酒品はゼロと言わなくてはならぬ。たとえ自分はそのつもりでなくとも、他人の目にそう映るとすれば、その批評は甘受《かんじゅ》しなくてはならないが、捨てる神あれば、拾う神ありで、永井龍男《たつお》*君は、その『酒徒交伝』のなかで、私のことを、「この人はまた、実に素直に、酒に身を委《まか》せる。こんな素直なのみ方をされれば、酒の方でも決して悪酔いなぞはさせないものである」と書いてくれている。友人はありがたいものである。これを見ても、酒を飲むときには相手を選ばなければならないことがよく分る。

私が、酒品ということに、こんなにこだわるのは、私は酒は好きだが、酔っぱらいや、酒癖の悪い人間は大きらいだからである。したがって、自分が酒に酔っぱらって、他人に迷惑をかけたり、不愉快な思いをさせたことがあると思うと、自己厭悪《えんお》に堪《た》えられないのである。これは私ひとりが、そう思うだけではなく、すべての酒飲みの心理であろう。私たちは酒を飲みすぎては後悔し、その後味の悪さをまぎらすためにまた酒を飲む、という悪循環《あくじゅんかん》をくり返し、そのうちに心臓を悪くしたり、胃潰瘍《いかいよう》になったりして、酒が飲めなくなるのである。

しかし、人とつき合う上に、酒というものが、いかに有り難く、また便利なものであるか、ということについては、禁酒会員以外に反対の人はあるまい。私たちは酒の上の失敗も多いが、酒のために物事がスムーズに運んだことも決して少なくないのである。問題は酒の飲み方にある。その作法にある。

酒の邪道

まず酒を飲むときには、酒を飲む以外の目的をできるだけ持たないことが望ましい。

よく、相手をしたたかに酔っぱらわせて精神が朦朧《もうろう》としたときに、商談などを有利に運ばせようとする向きがあるようだが、一緒に酒を飲みながら、自分は酔わずに相手だけを酔わそうとするほど衛生に悪いことはないそうである。そんな人は大てい脳出血で死んでしまう。酒の使い方が邪道なために天罰を受けたのである。それに第一卑《ひ》怯《きょう》である。相手の精神が朦朧としてきたら、こちらも一緒に朦朧となって雌雄《しゆう》を決すべきである。したがって酒の強い人は、酒の弱い人よりもピッチをあげて飲むべきで、相手にハンディキャップをつけてはいけない。双方とも同じ程度に酔っぱらったら、お互に、酒がさめてもきまりの悪い思いをしなくともすむ。相手が酔わずに、こちらの酔態を逐一《ちくいち》覚えていられてはたまらない。したがって、酒席のことは、その場かぎりとして、忘れてしまうこと、たとえ覚えていても、忘れた顔をすることがエチケットであろう。

素面《しらふ》のときには言えないことを、酒の力を借りて言うことも禁物である。よく後輩が、酒に酔って先輩にからんでいるのを見ることがあるが、あれは見苦しいし、酒が覚めてからの当人の気持を考えると、こちらの酒までまずくなる。もっとも世間には、意識して酒席で上役や先輩に適当にからんで自分を売り込み、「あいつはなかなか見どころのある男だ」と思われようとする人間も少なくない。そういう人間の魂胆を見ぬくことが上役たる者の責任であろう。

同様に、酒を飲むとすぐ先輩風を吹かせて威張ったり、訓戒を垂れたりする人間も鼻持ちがならない。そんな人間と酒を飲めば、きっと悪酔いをする。そういう相手に対してはこちらもからめば五分五分というわけであるが、まず敬して遠ざけるがよろしい。

酒に酔うと、いやに上機嫌になって、見さかいなく、見知らぬ人にまで握手を求めたり、親愛の情を表したりする人がいるものだが、あれもおっちょこちょいに見えて、感心できない。第一他人迷惑である。ドイツの格言に、「酒が作り出した友情は、酒のように、ひと晩しかきかない」というのがある。思い当る人も多いであろう。

ひとり飲む酒

酒を飲んで、人にくだをまいたり、からんだりすることは、最も排斥さるべきことに考えられている。私も同感であるが、前記『酒徒交伝』のなかに「からみズム研究」というはなはだ有益な文章があって、著者は、いわゆる「からみ」について独自の見解を発表している。一般に「からむ」とは、「口実を設けて、難題をいいかける」とか、「意地の悪い物いいをしてこまらせる」とかいうことであるとされているが、著者によれば、「からみの精神の根本は、酒食《くら》いの馬子《まご》の丑松《うしまつ》が、赤穂《あこう》浪士神崎与五郎にいいがかりをつける態《てい》の、卑俗《ひぞく》なものではなく、一に正論と正義を愛し、いかなる抵抗に会っても、自己の信念を貫こうとする熱意にある。しかも、その相手に対しては、なみなみならぬ愛情を以《もっ》て接するというのが本義である。二つや三つ、横《よこ》面《つら》を張られた位で、正論と愛情が消滅するようでは、からみに徹する資格がない」と、いうのである。

なるほど、と私は目からウロコが落ちたような気がした。この種の「からみ」なら私も時々やるし、人から、こんな風に「からまれる」ことも私は決して厭《いと》わないからである。いってみれば、これは友情の表現である。親しい友人が、もしくは信頼し合う先輩と後輩が「正論と愛情」から、互に「からみ」合っているのは、他人の目からは、うるさい酔っぱらいに見えても、当人同士は、結構酒を楽しんでいるのである。他人の楽しみを妨害《ぼうがい》してはいけない。『徒然草《つれづれぐさ》』の作者は、「友とするにわろきもの」のなかに「酒を好む人」をあげている。私はこの意見に反対である。酒を好まない人は、なにかしら私を窮屈にする。酒に酔って我を忘れたことのないような人は、どうも付き合いにくい。そういうことの分らない兼好《けんこう》法師ではないと思うのであるが、おそらく彼の友人に酒癖のひどく悪い男がいたのであろう。

しかし本当のところ、酒は付き合いで飲むべきものではなく、自分自身の楽しみのために飲むのが本筋であろう。そうすればだれの迷惑にもならない。「白玉の歯にしみとほる秋の夜の酒はしづかに飲むべかりけり」という若山牧水《ぼくすい》*の歌は、酒飲みの作法の第一課であろう。

『酒』という雑誌 一九五〇年創刊され、九七年に通巻五〇一号で休刊となった雑誌。エッセイスト、評論家の佐々木久子が長年編集長を務めた。

永井龍男 一九〇四―九〇 作家、随筆家、編集者。著書に『青梅雨』『コチャバン行き』等。直木賞の選考委員を務めた後、芥川賞の選考委員も務めた。

若山牧水 一八八五―一九二八 歌人。旅と酒をモチーフにした秀歌を数多く残した。

時間を守ること

フランスきってのイギリス通のアンドレ・モーロワに、「社交の季節にロンドンに出かける令嬢への手紙」という随筆がある。イギリスの社交界のエチケットについて、いろいろ述べたものだが、そのなかに次のような一節がある。

ロンドンの社交界

「もしあなたが八時三十分の晩餐会《ばんさんかい》に招待されるとしたら、ロンドンでは、それは正確に八時三十分であって、八時二十九分でもなければ八時三十一分でもなく、ましてパリにおける如《ごと》く）九時十五分ではないことを知らねばならぬ。数秒のうちに、自動車が陸続《りくぞく》と集まり、卜書《とがき》に『招待客登場』と書いてあるラビッシュ*やオージェ*の芝居における如く、客間が人でいっぱいになるのをあなたは見るであろう。

長い道中を必要とする田舎《いなか》においてさえ、すべてが正確に運ばれる。あるフランス人が、遠い土地の城館に一時三十分に招待されたとき、午前中汽車に乗ってそこまで行かなければならないので、一時三十二分にそこへ着いた。すると、その城館の女主人は、彼に向って、言葉はやさしいが、きびしい調子で、『みんなで、どうなすったんだろうかと、御心配申し上げていたところでした』と言ったのを私はきいたことがある。

そんならイギリス人はどうするだろうか。ロンドンの中心部では、交通機関のために生じる遅刻は避けがたいが、それを彼らはどんな風に調節するだろうか。彼らは十分に時間の余裕をとり、早く着きすぎたら待つのだと私は思う。彼らは運転手に命じて、定められた時刻まで、家の近くの区域をぐるぐる回らせる。もし徒歩でゆくとすれば、時間を計りながら大股《おおまた》で歩いてゆく。召使たちもまた時計のように正確である。もし客が八時二十七分にベルを鳴らすと、しばらく待たされて、バトラーのこわい視線を浴びる。そして、まさに身じまいを終えようとする、その家の女主人の邪魔をすることになる。八時二十八分になると、従僕《じゅうぼく》たちは玄関前の階段にジュウタンを敷き、細目にあけた戸口の後に直立する。

以上の必然の結果として、人々は遅刻者を待たない。定刻を五分すぎると、遅刻した人々は何か思いちがいをしたのか、それとも急病で死んだか、どちらかだと見なされる。でなければ、遅れるはずがないというわけである。あるとき私は、昼飯に招かれていたのを忘れて、その翌日、すっかり恐縮して、あやまりに行ったことがある。『私のためにお待ち下すったようなことはないでしょうね』と女主人に言うと、彼女はひどく驚いて叫んだ。『お待ちしたですって！　あたしはひとさまをお待ちしたことなどいっぺんもありませんわ』

また別の日に、ロンドンのある家に昼餐に招かれたとき、客の一人が五分たっても姿を見せないことがあった。すると女主人は、『もう食卓につくことにしましょう。パトリシヤはきっと脚を折ったんだと思います』と言った。それからほんのしばらくして電話のベルが鳴り、家の主人は、『パトリシヤ夫人は、脚を折ったために、伺えなくてまことに残念だと、みなさんにお伝え下さいということです』と、その伝言を伝えにやってきた」

待たされる身

少し話がうまくできすぎているが、ロンドンの社交界で、いかに時間が厳守されているかということだけは、よく分る。それにくらべると、われわれの国では、時間についての観念は、まずパリなみである。いや、もっとひどいかもしれない。私は人と会ったり、何かの会合に出たりするときは、割合、時間をよく守るほうであるが、世の文化人と称されている人々は、案外に、時間の点ではだらしないようである。もちろん、私などが、足もとにも及ばないほど、時間について几帳面《きちょうめん》な人はいる。私の知っているかぎりでは、辰野隆先生がその模範である。私は座談会とか、そのほかの会合で、先生にときどきお目にかかることがあるが、先生は必ず定刻前には出席されている。そのために後輩の私たちが恐縮することがしばしばある。一方、会合にはきまって遅刻をして、ほかの出席者をさんざんに待たせる紳士は、私の周囲にも少なくない。ところがこの連中は、自分の乗る汽車の時間は決してまちがわないのだから、時間などにこだわらぬ超俗的な豪傑ではさらさらない。ただ横着なだけである。

私は生れつきせっかちなためか、よろず待たされることは大きらいである。「時は金《かね》なり」ということを金科玉条にしているほど、一刻を惜しんで働いている人間ではなく、むしろぼんやりと、何もせずに、取りとめのないことを考えていることの好きなほうであるが、自分で自分の時間をムダにすることは一向平気でありながら、他人のために、自分の時間をムダにされると、その時間が急に貴重なものに思えて、むやみに惜しくなってくる。そして、そんなムダをさせる人間に腹が立ってくるのである。まして、その時間を、その人間が楽しんで使っているのだと思うと、二重に損をしたような気がして、ますます腹が立ってくる。

他人の時間を大切に

約束の時間を守らないで、他人に迷惑をかけることの悪徳であることは、なんびとも否定できまい。にもかかわらず、どうして私たちはこんなに時間についてルーズなんだろうか。その根本の原因は、私たち日本人は、時間をムダにしたり、ムダにされたりすることにあまり神経質でないからだと思われる。十人の会合に、十分遅れてやってきた人は、他の九人の人たちから十分ずつ、合計九十分の時間を奪い取ったわけだが、当人はそれほど重大な過失を犯したとは思わず、待たされた人々も十分ぐらいの時間のムダは、ほとんど気にかけない。これがいけないのだと思う。

もしこれが金銭だったら、人々はこんなにのん気にしているわけにはゆくまい。つまり多くの日本人にとっては、時間は、それをすぐ金に換算して考えるほど、まだ貴重ではないのであろう。しかし自分には大切でないからといって他人にも同様であると考えることは誤りであろう。一体に、時間を正確に守らないのは、忙しすぎる人と、暇《ひま》すぎる人に多いようである。前者は他人は自分ほど忙しくないだろうから、少しぐらい待ってもらっても許されるだろうと考え、後者は他人にも暇な時間がどっさりあると考えているのである。どちらも自己中心の考え方であることはいうまでもない。

しかしこれからの若い人は、他人の時間を大切にすることを大いに学ぶ必要がある。そうでなければ、円満な共同生活は営めなくなるだろう。それは、人々はますます多忙になり、それだけに自分の時間をいよいよ大切にするようになるからである。

ところで私は、この原稿を書くのに時間を取りすぎて、ある会合に三十分も遅れてしまった。まことに言うはやすしで、時間を守るのはなかなかむつかしく、それだけに一層大切なのである。

ラビッシュ　ウジェーヌ・ラビッシュ Eugène Labiche 一八一五―八八 フランスの戯曲家。
オージェ　エミール・オージェ Émile Augier 一八二〇―八九 フランスの戯曲家。

言葉づかい

ナポレオン三世がバダンゲ（頓馬《とんま》というほどの意味。もっともこのあだ名の語源についてはいろいろ説がある）というあだ名をもっていたことは甚《はなは》だ有名であるが、このお調子者の皇帝が、ある時閲兵式《えっぺいしき》をやっていると、兵卒の一人に顔だちのたいへん立派な男がいて、すっかり彼の気に入った。

権力者の誇《ほこ》り

そこで彼は、「お前の名はなんというのか」とたずねると、その男は口をつぐんだままで一向に返事をしない。激怒した皇帝はますますしつこく詰問《きつもん》するので、とうとうその兵卒は、「陛下、私にはお返事申し上げることができないのです」と答えた。「それはまたなぜだ」「と申しますのは陛下、私もまたバダンゲと申しますので」と彼は恐懼《きょうく》して答えた。

こんどは小男のナポレオン・ボナパルトの話であるが、ある時大帝はイスの上にのぼって、背伸びをしながら、高い書棚の上にある本を取ろうとしていた。

それを見た幕僚《ばくりょう》の一将軍が進みよって、

「失礼ですが、私がお取りしましょう。私のほうが陛下より一層グラン（背が高いという意味と、偉大なという意味と両方ある）でございますから……」といいかけると、大帝はひどく癇《かん》に障《さわ》った様子で、「君はプリュ・オー（いっそう背が高い）というつもりだったんだろう」と、かみつくようにいった。

以上の二つはフランスの詩人モーリス・ロリナ*が、一つの副詞、一つの形容詞の重要さを知ることが、物を書く上にどんなに大切であるかを教えるために引用した逸話だそうである。

言葉づかいに注意しなければならないのは、人とつき合う場合にも同様である。ムッソリーニが権勢を誇っていたころ、あるドイツのジャーナリストが、ムッソリーニに向って、その不世出の英雄であることをおもねるつもりで、「もし閣下が死なれるようなことがあったら、その後はどうなるでしょうか」と聞いて大失敗をしたという話がある。この独裁者にとっては、自分の死を考えるほどいやなことはなかったからであろう。

またこんな話がある。

ある劇評家が、『フィガロの結婚』を見て、主役のアルマヴィヴァ伯爵《はくしゃく》夫人にふんした女優の演技にすっかり愛想をつかし、演出家をつかまえて、「なんというザマだ。伯爵夫人という柄じゃ全然ないよ、まず女中の役がせいぜいだね」とこき下すと、その演出家は妙な顔をして、「実はあの女優は僕の女房なんだが」と答えた。そこで劇評家は大いに狼狽《ろうばい》して、「それはどうも失礼。僕は正直なたちで、思ったことをすぐ口に出すものだから」といって陳弁《ちんべん》につとめたそうだが、これではますます失敗である。

ケジメをつける

*堀口大學《だいがく》さんに次のような詩がある。

円い玉子も切りようで
同じ言葉も使いよう

それは羽毛《はね》より軽くなり
それは石より重くなる

そこのけじめに詩はほろび

そこのけじめに詩は生きる

人間同士のつき合いも、言葉づかいの如何《いかん》で生きたり死んだりする。そこのけじめをつけることが大切であるが、こちらには少しの悪意もないのに、無造作《むぞうさ》に口にした言葉で、ひどく相手の反感を買うことが、私たちのつき合いにはしばしばある。その原因がはっきり分らないだけに、ますます気になるわけであるが、そんなときは、相手の虫のいどころが悪かったのだろうぐらいに思って、気にかけないでいることが第一である。私たちは達人でないかぎり、いつも平常心を失わないでいることは不可能である。つまらないことが原因で、虫のいどころがよかったり、悪かったりする。そんなものに、一々つき合ってはいられない。朝、出勤の電車のなかで、ひとに足を強く踏まれて、せっかくピカピカに磨いた靴を泥だらけにされたために同僚が不機嫌な顔をしていても、それはこちらの知ったことではない。

しかしそのとき、その同僚が平生面憎《へいぜいつらにく》いやつで、内心、ざまをみろと思っていても、それを口に出すことはもちろん、その心のなかを相手に感づかれるような言葉を口にすることは禁物である。それでは相手の弱味につけこむことになる。なんでもないつもりで言った言葉が、相手の心を意外に傷つけるのは、こちらが無意識のうちに相手の弱味につけこんでいる場合が多い。入学試験に失敗した子供をもっている親に向って、自分の子が学校でよくできることを自慢したら、相手が不快を感じるのは当然であろう。

相手の気持

言葉づかいよりも、話の内容になってしまったが、この二つは切り離すことができないもので、こちらの気持が暖かで、おだやかだと、言葉づかいも自然それに伴ってくる。世のなかには「口下手」な人はたしかにいるものだが、言葉づかいに細心なということは、口上手ということと同じではない。

口上手というのは、自分の思っていることを相手に伝える技術に練達していることで、その目的に添って言葉づかいも吟味《ぎんみ》されているのである。口上手な人は社交では何かにつけて得をするけれども、口下手な人でも言葉づかいには細心であるべきで、それによって口上手な人に劣らぬ効果をあげることができるものである。逆に、いくら口上手な人でも、言葉づかいに鈍感であれば、おしゃべりがうまいだけに、いっそう失敗する率が多いであろう。

言葉づかいで注意すべきことの第一は、無神経でがさつな言葉を使わないことである。芥川龍之介《あくたがわりゅうのすけ》が自殺をしたとき、彼の死を久保田万太郎氏*が、亡き水上滝太郎*に電話で知らせた。突然の死におどろいた水上は、とっさに「自殺ですか」ときくと、久保田さんは「はい、薬を飲んだのです」と答えた。それをきいて、なんという自分はがさつな人間だろう、さすがに久保田君は言葉に敏感な詩人だと思った、という意味のことを水上は書いている。どんな急場にも、粗雑な言葉を使わないというのはきわめて困難なことであるが、相手の気持、その日の虫のいどころを敏感に察して、それをことさらに傷つけるような言葉はつとめて避けることは、ちょっとした注意でだれにでもできることである。

いつも言葉づかいに気をつけなければならぬようなつき合いは、おことわりだという人があるかもしれないが、親しきなかにも礼儀ありで、お互に相手の神経をいたわるつき合いでなければ、永い友情は結べないであろう。

モーリス・ロリナ Maurice Rollinat 一八四六―一九〇三 フランスの詩人、音楽家。
堀口大學 一八九二―一九八一 詩人、歌人、フランス文学者。ランボー、コクトー、ヴェルレーヌ、アポリネール、ボードレール、サン＝テクジュペリ等の訳業で名高い。
久保田万太郎 一八八九―一九六三 俳人、作家、戯曲家。
水上滝太郎 一八八七―一九四〇 作家、戯曲家。明治生命専務取締役、大阪毎日新聞社取締役を歴任。著書に『大阪』『大阪の宿』『貝殻追放』等。

二人の友

ラ・フォンテーヌ*の寓話《ぐうわ》に「二人の友」というのがある。

友の安否

むかし、東南アフリカのモノモタパというところに、二人の友人が住んでいた。この二人はおたがいの財産をすべて共有にしていたほど仲のいい、本当の友人だった。

ある夜、この二人がそれぞれの家で深い眠りに落ちこんでいたとき、不意にその一人が妙に胸さわぎをするのを感じた。彼はすぐに寝床から飛び起き、その足で友人の家にかけつけ、下男をたたき起した。

眠っていた友人はびっくりして目を覚ましたが、すぐに財布を取り出し、その上、剣まで身に帯びた。そして、友人を迎えて、次のように言った。

「人がみな寝ているときに、君だけがかけずりまわるなんてことはめったにないことだ。もしかバクチでもして一文なしになったのではないのか。もしそうなら、ここに金があるよ。それともだれかと喧嘩《けんか》でもしたのか。そんなら、ちゃんと剣の用意がある。さあ出かけようぜ」

すると相手の友人は答えた。「いや君の友情はありがたいが、実は夢で君が悲しそうな顔をして現われるのを見たんだ。それが気になってたまらず、こんな真夜中だが、ともかくかけつけてきたんだよ」

ラ・フォンテーヌは、そのあとに次のような教訓をつけ加えている。

二人の中《うち》いずれの情が深かったのか、読者よ、どう思いなさるか。
この難問は持ち出す値打が十分にある。
真《まこと》の友というものは如何《いか》に嬉しいものだろう。
彼はこちらの願望を心の奥の底までさがす、
　こちらから向うにそれを
打ちあける羞《はずか》しさをば除いてくれる、
夢一つでも、つまらぬことでも、
愛する者の上ならば、気がかりなのだ。

（市原豊太訳）

私はこれを読んで、びっくりした。とても私などには真似《まね》のできないことだからである。友人が悲しそうな顔をして夢のなかに現われたというだけで、真夜中でも、その友人の安否《あんぴ》を確かめにゆくなどとは、思いもつかぬことであり、ましてその友人を、とっさに財布と剣を用意して迎えるなどとは、まさに神わざである。ラ・フォンテーヌは、前者の友人のほうが情が深いように考えているらしいが、私は反対ではないかと思う。

私は不徳にして、深夜に慰問に来てくれるような友人を一人ももたないが、もし仮りにそんな友人があって、真夜中に私を訪ねてくれても、私はきっと無愛想な顔をして応対するにちがいない。そしてその友人が、「実は君のことでイヤな夢を見たものだから」と言ったら、「君、少しどうかしていない？」ぐらいのことは言いかねないだろう。しかしこれは私だけではあるまい。現代では、たとえ気にかかることがあっても、友人の宅を深夜におそったりしないことがエチケットになっている。のみならず「お前が悲しそうな顔をして夢に出てくるのを見て気にかかっている。どこか悪いんではないか」というような手紙を書いて、素直に信用され感謝されるのは母親の手紙ぐらいであろう。

ありがた迷惑

ラ・フォンテーヌのせっかくの寓話も時代おくれの感を免れないが、彼の言う、相手の願望を心の奥の底まで見通す敏感さ、勘のよさは、人とつき合う上に、今日でもきわめて大切である。全く、鈍感な人間との交際ほど人をいら立たせるものはない。日曜日や食事どきの訪問客、用件がすんだのにいつまでもぐずぐずして帰らない客、自分のことばかりしゃべって相手の思惑を全然気にかけない人、皮肉やユーモアのさっぱり通じない人、自分は相手に好意をもたれていると思いこんでいる人、そのほか、勘の悪い人間の例をあげ出せばきりがあるまい。これに反して、勘のいい人とは、こちらが口にしないこと、口にしたくないことをいち早く察して、いつも先手に出てくれる人である。ムダな心づかいを省いてくれるありがたい人である。しかし、あまり勘がよすぎると、こんどは空《から》まわりになる。さきほどの寓話のなかの、財布と剣を用意した男などはその一例である。こうなると、敏感を通り越して、かえって鈍感になる。世のなかの親切な人、善意の人と呼ばれる人間のなかには、しばしばこの種の勘の悪い人が見出される。いわゆる「ありがた迷惑」というやつで、その思いやりはありがたいが、ひとり飲みこみであるために、ともすれば見当はずれで、こちらがミルクを飲みたいときに、ウイスキーを用意するという結果になる。手厚いもてなしが、しばしば客を疲労させるのは、あまりに気をまわしすぎるからであろう。

利己主義者

勘のいい、悪いというのも紙一重のようである。こちらの物差ばかりで相手の心のなかを計っていると、敏感に相手の気持を察しているつもりでも相手を満足させることができない。その結果、こんなにしてやっているのに恩知らずだ、という不平が出てくる。しかし相手は一向に恩に着ていないのだから、独り相撲《ずもう》に終ってしまうのである。

考えてみると、自分はこんなに察しがいいのだぞという自惚《うぬぼれ》が、まちがいのもとらしい。フランスのある小説家が、「利己主義者は自分の感受性を信じさせると同時に、友人の感受性を利用せんがために、友人を獲《え》たいと望む」と書いている。これは痛い言葉である。自分が敏感なことを知ってもらうには、相手も敏感でなければならぬ。相手が敏感であればあるほど、こちらの敏感なのが目立つわけであるから、当人としては大いに張り合いがあるわけである。人に親切をつくすことも、結局のところ、その親切を相手に十二分に理解してもらいたいという底意から出ているほど、人間というものは利己主義者なのであろう。

それにしても、相手の気持をいつも先まわりして推測し、できるだけ相互に敏感であろうとするつき合いも、考えてみれば、浅ましいものである。さきほどの財布と剣を用意した友人のふるまいを、私は神わざであると思ったが、さらによく考えてみれば、その気になりさえすれば、これは私たちにとっても必ずしも不可能なことではない。心のよこしまな人間なら、もっと巧みな演技ができるかもしれない。おそらく作者は、あまりにも気の利きすぎたこの友人に一種のうとましさを感じて、深夜にのこのこと友人の家を訪ねてゆく野暮《やぼ》な人間のほうを情が深いと見たのであろう。

ラ・フォンテーヌ　ジャン・ド・ラ・フォンテーヌ Jean de La Fontaine 一六二一―九五　フランスの詩人。イソップ童話を題材にした寓話を多数発表した。

中身と額縁《がくぶち》

フランスの『文芸週報』に、次のようなゴシップ記事が出ていた。いわく、「最近レジオン・ドヌール勲章《くんしょう》を授与された画家の藤田*（嗣治《つぐはる》）に向って、ある人が、彼が友人に対してあまりに寛大すぎることを非難すると、彼は『だって、われわれは絵を愛するように友人を愛すべきだよ。たとえその額縁がどうであろうともさ』と答えた」

家柄ということ

これは美談というべきであろう。藤田の友情に厚いことは、フランス人のあいだでも有名であると見える。それはさておき、人間と、その額縁にこだわらないで、中身だけで付き合うということは、なかなかむつかしいことである。だれでも、心のなかでは、「彼も人なり、我も人なり」と思っているのであるが、ともすれば相手の家柄《いえがら》、社会的地位、学識等々にこだわりやすい。

ちかごろのはやり言葉に、毛並がいいとか悪いとかいうのがある。イヤな言葉の一つであるが、門地とか家柄とかいうものが、どうして人間の価値判断の標準の一つになるのだろうか。どんなに毛並のいいことを誇っている人間でも、その先祖にさかのぼってみれば、なにをしていたか知れたものではない。それについては面白い話がある。以前に、京都大学に喜田《*きた》貞吉《さだきち》博士という歴史の先生がいた。ときどき奇説を出すので有名であったが、その先生のところへ、H侯爵家《こうしゃくけ》からの依頼があった。それは、H侯爵家の先祖は夜盗として有名であったが、侯爵家ではなんとかして先祖の汚名をそそぎたく、その人物は決して夜盗ではなかった、ということを喜田博士に考証してもらいたいというのであった。そこで博士は、いろいろと史実を調べてみたが、夜盗の事実をどうしても否定することができない。結局、H侯爵家の先祖はたしかに夜盗であった、しかし夜盗というものは、その時代には決して恥ずべき職業ではなかった、ということなら、歴史的に証明してみせますと返事をした。だが、H侯爵家では、それでは困るといって、この学術調査（?）は沙汰《さた》やみになったそうである。

よく、どこの馬の骨か分らぬやつ、というが、すべての人間はぎりぎりの先祖までさかのぼれば、どこの馬の骨か分らないのが一般である。毛並もくそもあったものではない。家柄とか門地にこだわるのは、落ちぶれた貴族か、成り上がり者であると、デュ*アメルも言っている。ちかごろは、そんなものを鼻にかける人間は少なくなっているが、逆に、それに一目《いちもく》を置く人間が案外に多いのは、人物評などで、毛並のよしあしが問題にされることからも察せられる。ハンケチを雑巾《ぞうきん》にとかいう言葉も、その種の劣等感の現われであろう。人間のつき合いは、どこまでも、額縁ぬきでありたいものである。

二宮尊徳の教え

ところで、二宮尊徳が次のようなことを書いている。

「交際の道は、碁《ご》、将棋《しょうぎ》の道にのっとるをよしとす。それ将棋の道は、強き者、駒《こま》を落して先の人の力と相応する程にしてさすなり。甚だしき違いに至っては、腹金とか又歩三兵と云うまでに外すなり。これ交際上必要の理《ことわり》なり。おのれ富み、かつ才芸あり、学問ありて、先の人貧ならば、富を外すべし。先の人不才ならば、才を外すべし。無芸ならば芸を外すべし。不学ならば学を外すべし。これ将棋をさすの法なり。この如《ごと》くせざれば、交際は出来ぬなり」

つまり、人間にはそれぞれ力や才能の相違があるから、人とつき合う際には、相手の実力を見て、こちらで手加減を加えてやれ、というのである。一見、はなはだ傲慢《ごうまん》な考え方で、さきほどの藤田画伯の態度とは正反対のように思われる。たとえば、相手が貧乏人なら、こちらは富を外せというのだが、これは、こちらも貧乏人のような顔をしろ、というのだろうか。むかし私がヨーロッパへ行ったとき、船のなかに某公《こう》爵《しゃく》が乗っていた。たいへん気さくな人で、皆に好感をもたれていたが、あるとき、なにかの話のついでに、自分の家は公卿《くぎょう》であるから、若いときは貧乏でずいぶん苦労をした、おかげで、皆さん方とも、こんなに打ちとけてお話できるのです、と言った。私はそれをきいて、すっかり興ざめな気持になったが、尊徳流にいえば、この公爵は、人とつき合う法をわきまえていることになるのだろうか。

思うに、尊徳先生は、そのような卑俗な処世法を教えたのではあるまい。人とつき合うときには、自分のつけている、いろいろのアクセサリーを棄《す》てて、中身だけでつき合え、というのが、その本意なのであろう。ただ、この言葉には、彼自身が、将棋でいえば高段者であるという自信と自惚《うぬぼれ》が露骨に見えているために、人を反発させるのである。

かりに立場をかえて、彼自身が相手から富や才や学や芸を外してつき合ってもらっているのだと気がついたら、果して虚心でいられるだろうか。そういう相手に対して必ず反発を感じるにちがいあるまい。

額縁を問題にしない、ということは、相手の額縁はもちろん、自分の額縁も問題にしないことでなければならない。自分には学問があるんだが、相手は無学だから、学のあるところは封じ手にしてつき合ってやろう、というのでは、自分の額縁を外したことにならない。そういうつき合い方は、必ず相手に感づかれて、不快な思いをさせるだろう。もし相手が性根のしっかりした一個の独立の人格であるならばである。

容《よう》貌《ぼう》風《ふう》采《さい》

しかし尊徳の忠告は別の面から考えるといろいろの教訓を含んでいる。たとえば将棋の好きな人間同士のあいだなら、何時間将棋の話をしても飽《あ》きるということはあるまい。しかし、将棋をやらない人、将棋に興味のない人にとっては、これほど迷惑な話はない。そういう相手には、いくら自分の話題に上《のぼ》したい話でも、それを封じておくのは、人とつき合う上の大切なエチケットであろう。

人間の額縁には、才能、富、教養、社会的地位などのほかに容貌風采がある。これは文字どおり人間の額縁である。そして、この額縁の立派な人は何かにつけて得をするし、また相手に一目を置かせる強味をもっている。それに反して、このほうの額縁の立派でない人は、ことに若いうちは、一種の劣等感に悩まされて、人とのつき合いに、ともすれば引き込みがちになりやすい。われわれが、相手の額縁を意識しないように努力しなければならないのは、とくにこの種の人々に対してである。

フランスのモラリストのジュベール*に、「友人が片目なら、私は友人を横顔から眺める」という有名な言葉がある。これが本当の思いやりというものであろう。相手が自慢にしている額縁を無視することはさまで困難ではないが、相手がひそかに引け目を感じている額縁に、相手に意識されずに無関心になることは、なかなかむつかしいことである。

藤田嗣治　一八八六―一九六八 画家、彫刻家。フランスで活躍した。レジオン・ドヌール勲章（シュバリエ）、レオポルド勲章、レジオン・ドヌール勲章（オフィシエ）を授けられた。

喜田貞吉　一八七一―一九三九 歴史学者、考古学者。東京帝大、京都帝大、東北帝大で教えた。

デュアメル　ジョルジュ・デュアメル Georges Duhamel 一八八四―一九六六 フランスの戯曲家、作家、詩人。ゴンクール賞、芸術文化勲章コマンドゥール、レジオンドヌール勲章グランクロワ等を授けられた。

ハンケチを雑巾に　藤山愛一郎（一八九七―一九八五）は父親雷太の築き上げた藤山コンツエルン（財閥）の大日本製糖社長、日東化学工業社長、日本金銭登録機社長、日本商工会議所会頭、日本航空会長を歴任したが、一九五七年、岸信介首相の招聘《しょうへい》で政界入りし外相となった。翌日、大宅壮一の「絹のハンケチから雑巾に」という評言が新聞紙上を賑わせた。

ジュベール　ジョゼフ・ジュベール Joseph Joubert 一七五四―一八二四 フランスのモラリスト。没後に『随想録』が刊行された。

古い友、新しい友

キケロ*の『友情論』のなかに、次のような言葉がある。「友情に関しては、他の事物のように飽きるなどということがあってはならぬ。古ければ古いほど、あたかもブドウ酒の年代を経たものと同様にますます甘美となるのが理の当然で、世間でいうように、友情のつとめが果されるためには、一緒に何斗もの塩を食わねばならない、というのは本当である」

ジードの交友

古い友人はありがたい、とはだれもの言うことである。それは永いあいだのつき合いで、お互の気ごころを知りぬいているために、何を言い、何をしても、誤解されることがないという安心があるからである。たとい、どんな失敗をやらかしても、「あの男にかぎってそんなはずはない」「あの男のことだから何か深い事情があるのだろう」と言って、いつのばあいでも味方に立ってくれるのが、古い友人というものである。しかし、そういうありがたい友人をもつためには、こちらも相手に対してまごころを尽さなければならぬ。したがって、古い、いい友人を多く持っている人は、その人自身もまた信頼しうる友人であるということができよう。

ところで世間には、古い友人をいつまでも大切にしている人と、絶えず新しい友人を求めて、交遊関係が始終変っている人とがある。そして一般に前者のほうが信用され、後者の人間は軽佻浮薄《けいちょうふはく》であるように考えられている。だが、果してそうであろうか。古い友人をいつまでも大切にしている人の立派なことはいうまでもないが、絶えず新しい友人を作ってゆく人が常に軽薄であるとは簡単にいうことはできない。たとえばアンドレ・ジード*である。彼の生涯を眺めてみると、その友人は絶えず変っている。一時は兄弟以上に親しくしていた友人でも、気にいらなくなると、容赦《ようしゃ》なくそれと袂《たもと》を分かっている。生涯を通じての親友というのはポール・ヴァレリー*ぐらいであろう。同じことは河上肇《はじめ》*についてもいえるかもしれない。

つまりジードには、あくまで自己に忠実で、妥協《だきょう》を許さない頑固《がんこ》さがあり、友情にからんで、自分を殺すことを承知しなかったのである。そのかわり彼は、自分の進む道の仲間とするに足る人間だと思う人とは、身分階級老若を問わずに、進んで交わりを求めた。彼の周囲に絶えず新しい友人が出入していたのはそのためである。

私は人間には、古い友人で満足してそれを大切にしている人と、絶えず新しい友人と交わらなければ、精神の沈滞《ちんたい》を感じる人と、二つの型があるように思われる。生活力が旺盛《おうせい》で、絶えず積極的に仕事をしている人には後者の型が多いようである。しかしその種の人も年がよってくると、昔の友人を懐しみ、新しい友人はもう沢山だと考えるようになる。ジード自身も、「ある年齢以後になると、友人を選ぶよりは、友人に選ばれる場合のほうが多い」と書いている。

男子三日会わざれば

古い友人はたしかに懐しいが、しかし私たちは、ある人と古くからの知り合いであるからといって、直ちに、その人の古い友人であると考えるわけにはゆかない。中学時代、高校時代はたしかに友人であったかもしれない。しかしそのうちに相互の志すところや、歩いた道がちがってくると、昔は友人であったというだけで、現在では赤の他人と少しも変らないことがしばしばある。そのような相手に向って、昔ながらの友情を求めても、それは求めるほうがまちがっている。よく、あいつは出世しやがったと思って昔の友人にハナも引っかけない、と悪口をいう人がいるが、そんな人は、生存競争で相手に負けたことを自ら告白しているようなものである。また今を時めいている人間と昔は友人であったことを誇りにすることも、同様につまらないことである。そのために彼自身の値打ちが増すわけでは少しもないからである。

男子三日会わざれば刮目《かつもく》して待つべし、といわれるように、しっかりした人間なら絶えず努力し勉強して日々進歩している。こちらは、そのあいだに怠《なま》け放題でいて、昔ながらの彼であり自分であると思っていると、とんでもない勘ちがいをすることになる。そういう人は、「友だちは衣服のようなものだ。すり切れないうちに捨てなければならない。さもないと向うがこちらを捨てる」というジュール・ルナールの冷酷《れいこく》な言葉を肝《きも》に銘じておく必要があろう。

若い時代に交わりを結び、一生涯その友情が変らなかったというような人は、お互に努力し、勉強し合ってきた仲間である。人生には運不運が大きく支配するから、その仲間がそろって出世するとはかぎらない。しかし、そのようなことは、この仲間同士のあいだでは少しの問題にもならないのだ。そのために冷たくなるような友情なら、彼らは最初から手を握り合い、助け合ってはいないだろう。世間的な栄達などにはいささかの影響も受けない友情こそ、古ければ古いほど甘美になる友情なのである。そういう古い友人ほどありがたいものはない。昔から偉大な仕事をした人のかげには、必ずこの種の古い友人が見出《みいだ》されるようである。

自分から作るもの

常に新しい友人を求め、そこから刺激や養分をえたいと願っている人には、この種の心のよりどころはないであろう。彼らは常に自分ひとりを頼みにしている。どんなに苦しく辛《つら》いことがあっても、すべて自分ひとりの胸におさめて、友人の慰めや同情を求めようとはしない。自分は友人のために存在するのではないと考えているために、ルナールの言葉のように、「すり切れないうちに捨てて」新しい友人と絶えず取りかえてゆく。昨日の友は、明日はもはや友人でないかもしれぬ。その代り、すべての友人から捨てられても、彼は少しも絶望しないだろう。友人は自分から作るものであり、友人によって自分が選ばれるとは考えていないからである。

私はこれもまた立派な、男らしい生き方であると思っている。ひととつき合う上の一つの態度である。いったい、私たちは友人からどれほどまで期待しうるであろうか。友人から五の力を借りたいものは、常に十の力を彼に貸していなければならぬ。しかも相手は、それを十と考えていないのが普通である。何かの助力を期待して結ばれる友情ほど頼りにならないものはない。まさかの場合には当てにならないと最初から覚悟しておくほうが、かえって安定した友情を結べるかもしれない。常にかわらぬ古い友人を持っている人は幸福である。その友人を大切にしなければならぬ。しかし絶えず新しい友人に恵まれることも幸福としなければならぬ。こちらに、それだけの魅力《みりょく》がなければ、ある年齢をすぎると、新しい友人を作ることは容易ではないからである。

キケロ マルクス・トゥリウス・キケロ Marcus Tullius Cicero 前一〇六—四三 ローマの弁論家、政治家、哲学者。ラテン語散文の名文家。著書に『友情論』『義務について』等。

アンドレ・ジード André Paul Guillaume Gide 一八六九—一九五一 フランスの作家。「ジッド」とも。著書に『狭き門』『田園交響楽』『贋金《にせがね》つかい』等。ノーベル文学賞受賞。

ポール・ヴァレリー Ambroise-Paul-Toussaint-Jules Valery 一八七一—一九四五 フランスの詩人、作家、評論家。『テスト氏』等。

河上肇 一八七九—一九四六 経済学者。著書に『貧乏物語』『資本論入門』『自叙伝』等。

男子三日会わざれば刮目して待つべし 後漢末、呂蒙《りょもう》の言葉「士別れて三日なれば、即ち更に刮目して相待すべし」より。男子たるもの日々勉励するもの、三日会わねばその分成長しているので心して会わねばならないという意味。「男子三日会わざれば刮目して見よ」とも。

ジュール・ルナール Jules Renard 一八六四—一九一〇 フランスの作家、詩人、戯曲家。著書に『にんじん』『ぶどう畑のぶどう作り』『博物誌』等。

礼儀について

私は生れつき行儀が悪いせいか、礼儀作法をよく心得た、いんぎん丁重な紳士や淑《しゅく》女《じょ》とつき合うのははなはだ苦手である。そんな人たちと話をしていると、窮屈《きゅうくつ》を通りこして、しまいには憂鬱《ゆううつ》になってくる。先方に少しの悪意もないのが分りながら、こちらがバカにされているような気がしてくる。育ちの悪い人間のひがみにちがいないが、礼儀作法で入念に武装をしている人には、相手を近づけない冷たさのあることも否《いな》めないであろう。

哲学者のベルグソン*は、その種の礼儀作法をニスにたとえて、そのような紳士淑女は、ニスを塗ったばかりのドアのようなもので、われわれが近寄ることを妨げる、といっているのは適切である。私には全く未知の世界であるが、上流の社交界というのは、ニスを塗ったばかりの紳士淑女が、おたがいに相手にさわらないようにして、手を差しのべたり、世にも愛想のよい微笑を浮べ合っている世界なのではあるまいか。

練達の社交家

しかしわれわれは、あらゆる人に向かって、いつも胸襟《きょうきん》を開いて、ざっくばらんにつき合うというわけにはゆかない。初対面の人に、もしくは、つき合いの浅い人に向って、いきなり裸になってみせたら、かえって相手を面くらわせることになり、誤解のもとにもなり兼ねない。親しきなかにも礼儀ありといわれるくらいであるから、親しみの薄い人にはなおさら礼儀が必要なわけである。

しからば、本当の礼儀とはいかなるものであろうか。ベルグソンは礼儀を二つに分けて考えている。一つは知性もしくは才能にぞくする礼儀である。彼によれば知性の礼儀とは、他人の立場に身を置いて、彼らの仕事に興味をもち、彼らの思想を自分の思想とし、ひと口で言えば彼らの生活を再び生き、自分自身を忘れる能力である。つまり自分の精神を思うがままに、さまざまの形に作りかえうる能力であって、それが社交的な礼儀と呼ばれうるものである。

「完全な社交人はだれに向かっても、その人に興味のあることについて話すことができる。彼は他人の意見に、常にそれを採用することなしに同《どう》じる。彼は一切を理解するが、そのために、それをすべて許すということはない。……彼がわれわれの気に入るのは、われわれのところまで下りてきたり、もしくは上がってきたりするその柔軟性にある。とりわけ、彼がわれわれに向かって話すときに、彼がわれわれをひそかにひいきにしていること、そしてだれに対しても決してそうでないことをわれわれに信じさせるその技術にある。なぜなら、この極めていんぎんな人の特性は、あらゆる友人を平等に、しかもその各人を他の人よりも一層に愛することにあるからである」と彼は書いている。

舞踊家の魅力

練達の社交家というのは、おそらくここにベルグソンの指摘しているような人に相違あるまい。つまり、その人と話をしていると、ひそかにこちらの自尊心が満足させられるような人である。自分の思うように相手がなってくれる人である。私たちが巧みな舞踊を見たばあい、まず舞踊家の肉体のしなやかさに感心するが、そのうちにリズムや音楽に慣れて、その次に舞踊家がどのような身体の動かし方をするかが、あらかじめ分ってくる。その結果、私たち自身がその舞踊家を踊らせているような錯覚をもつようになる。それが私たちの自尊心を喜ばせる。ベルグソンは、すぐれた社交家が私たちに与える魅力は、この舞踊家の与える魅力に似ているといっている。この見方はなかなか面白い。

世間でよく、あの人は肌ざわりのいい人だ、ということがいわれる。その人と話していると、こちらの気持がおのずからやわらぎ、湯かげんのいいフロに入っているような気持になる。それは相手が巧みにこちらに調子を合わせてくれて、自分と同じ立場で見たり、感じたりしてくれるために、いつのまにか、相手が自分に同じていてくれることを忘れて、こちらが相手を自分の思うがままに動かしているような気持になる。そして自尊心が十分に満足させられるのである。こんな風にして相手を喜ばせる技術が、本当の礼儀作法というものであろう。

そしてこの種の礼儀作法は一つの技術であって、それに熟達すれば、どんな相手でも適当に悦《よろこ》ばせることができる。たとえ相手を心のなかでは軽蔑《けいべつ》していても、相手にそれを感づかせず、むしろ相手にこちらを思うがままに動かしているように思わせるのである。人が悪いといえばそれまでであるが、われわれの社交生活では、この技術は相当に大切であって、人と人とのつき合いを円滑にするためには必要欠くことのできない礼儀作法であるといえよう。

人を傷つけない

だがベルグソンは、このような知性にぞくする礼儀のほかに、心情にぞくする礼儀を考えている。つまり徳性としての礼儀である。それは相手の心のなかに奥深く降りてゆき、相手が自己の弱点や欠点と考えているものに、愛情をもってやさしくふれ、それを慰め、力づける礼儀である。

人の心を傷つけないというのは礼儀の根本であるが、私たちはすべて、他人には分らない、最も傷つきやすい、そこに触れられることを最も恐れる弱点を心のなかに持っている。他人から見れば、ほとんど問題にならないようなことでも、本人にとっては生命をおびやかされるように辛《つら》いことはいくらでもある。たとえばここに女房に養ってもらって生活している男がいるとする。彼は心のなかでは、そのことを何よりもはずかしいことに思っている。いま、そのような人間に向かって、君は結構な身分だねと、たとえ冗談《じょうだん》にせよいうものがあったら、その人はほとんど致命的な打撃を心に感じるわけである。よく、言っていいことと悪いことがある、といわれるが、相手の心のなかの最も傷つきやすい個所を敏感に察して、それには絶対に触れないというのは人とつき合う上に何よりも大切な礼儀であろう。

人間というものは自分の欠点については無反省なことが多いが、その反面、自己の欠点について人一倍悩み苦しんでいるのが普通である。また同じく欠点短所であっても、他人に指摘されてもさまで打撃を感じず、その人と一緒になって自己を嘲笑《ちょうしょう》しうる欠点と、他人に少しでも触れられることを何より恐れ厭《いと》う欠点と二つある。その見わけが大切であって、人が絶えず悩みの種にしている弱点を、ことさらにつつき出して苦しめることは心なきわざといわなければならない。

これを要するに、礼儀とは、人のいやがることをいったり、したりしないことである。さらに進んでは、相手の自尊心を満足させ、自分が中心にいるように思わせることである。それに反して人を窮屈にするのは礼儀ではなく、礼儀の形をした冷たいエゴイズムにすぎない。

ベルグソン　アンリ・ベルグソン　Henri Bergson　一八五九―一九四一　フランスの哲学者。「ベルクソン」とも。著書は『時間と自由』『物質と記憶』『道徳と宗教の二つの源泉』等。

『大言海』で「むし」という言葉を引くと、第六番目の語義として「俗ニ、心。考エ。料簡《りょうけん》」という説明があり、「虫ガヨイ」「腹ノ虫」「虫ノイドコロ」「虫ガ知ラセル」という熟語が出ている。また、「虫が承知せぬトハ、癪《しゃく》ニサワリテ堪忍出来ヌ意。虫を殺すトハ癇癪《かんしゃく》ヲオサウ。立腹ノ心ヲ抑エル」という説明も出ている。

久米《くめ》正雄の話

人間同士のつき合いでは、この「むし」の取りあつかい方がなかなか大切なのは、あらためていうまでもあるまい。なかでも「虫ノイドコロ」というヤツがいちばん厄《やっ》介《かい》で、あつかいにくい。

久米正雄*、高田保*両氏の七回忌《き》の追悼会が催《もよお》されたとき、徳川夢声*氏が次のような思い出話をされた。それは、久米さんたちの「いとう句会」という俳句の会が、どこかで開かれたときである。会場がわかりにくい場所にあったために、久米さんがさんざん探しまわって、定刻より大分に遅れて会場へやってきた。もとより機嫌のいいはずがない。

そのうちに、そのころ評判だった、*大倉喜七郎の創始にかかる「大和楽《*やまとがく》」というものが話題になり、高田さんが、口をきわめてそれを罵倒《ばとう》した。すると、だまってきいていた久米さんが急に憤然《ふんぜん》色をなして、「高田保ごときに大和楽が分ってたまるか」とどなりつけた。一座のものはびっくりしたが、高田さんはニヤリと笑って、別に反抗もせずそのまま話をやめてしまったので、その場は無事にすんだ。そのことを、ずっと後になって徳川さんが随筆に書いたところ、それを読んだ久米さんがおどろいて、「あれはあなたの思いちがいではありませんか。ぼくが、『高田保ごときに』というようなことをいうはずがないがなあ」と徳川さんにいった、という話なのである。

虫のいどころが悪いと、ついこんなことになる、これは一つの例である。あとから考えると、そんなことをいうはずのないことを、つい、もののはずみでいってしまうのが、虫のいどころのさせる業なのである。

ところで、虫のいどころがよかったり、悪かったりするのは、大した理由があるわけではない。たとえば私などは、おなかが減ってくると、虫のいどころが大へん悪くなる。眠りの足りないときも同じである。そんなときは、とめどもなく意地悪になって、皮肉、いや味、毒舌《どくぜつ》が口を突いて出てくる。相手に反感や憎しみをもっているわけではさらさらないのだが、虫のいどころが悪いために、あとから思い出すと穴へも入りたいような、身のほど知らぬ言動に及んでしまうのである。したがって私は、人と会うときには、できるだけ眠りが足りて、腹工合も至極《しごく》よろしいときを選ぶように心がけている。

全く、なにが気に入らなくてぷりぷりしているのか分らない人間ほど軽蔑に値するものはない。どうせ大した理由はないのである。朝ヒゲを剃《そ》るときに顔を切ったとか、バスに乗りおくれたとか、電車のなかで立っている美人に席をゆずろうとしたら、その美人の亭主がありがとうともいわずにあとに坐《すわ》ったとか、そんなくだらないことが多いのである。ぷりぷりしているのは当人の勝手だが、それとつき合わなければならぬこちらがたまらない。まして相手が上役や先輩だと、被害は甚大である。

ふさぎの虫

しかし、そういう種類の虫のいどころの悪さよりも、もう少し深刻な、心のわずらいがある。それは、「ふさぎの虫」という言葉で表現されるような、ときどき私たちの心を襲《おそ》う、得体《えたい》の知れないいやな気持である。学生諸君なら、勉強に専心している最中に、ふとなぜこんなに勉強をしなければならないのだろうかと考える疑問である。この「なぜ?」はあとからあとへと、多くの「なぜ?」を生んで、おしまいには、すっかり気が滅入《めい》ってしまう。およそ、世の学生で、とりわけ受験生で、この「ふさぎの虫」にときどき取りつかれないものはあるまい。そして、そこから抜け出すことができないでいると、だんだん人間ぎらいになり、人からもきらわれてくる。それが一層高じると自殺をもしかねない。

この「ふさぎの虫」を退治《たいじ》るには、よく寝足り、おなか一杯食べたりするだけでは十分でない。そんなときにはどうすればいいのか。モンテーニュは、「心気転換について」というエッセーのなかで、次のように書いている。

「何か堪《た》えがたい思いが自分をとらえる場合、わたしはそれを抑えるよりは変える方が近道だと思う。わたしは反対の思いを持って来ることができないまでも、ちがった思いでそれに代える。いつも変化というものは軽くし・溶かし・散らすものだ。苦しい思いを打ち倒すことができなければ、わたしはそれから逃げる、そして逃げながら道をかえ跡をくらます。場所と仕事と伴侶《はんりょ》とを変えながら、ほかの業・他の思いの群にまぎれこみ、そこにわたしの足跡を絶ち、隠れおおせる」(関根秀雄訳)

返事を急ぐな

つまり、心が沈んで、暗い気持のときには、その気持をますます深めるようなことをしないで、できるだけ明るい、楽しいことを考えて、気分の転換を計れ、というのである。そんなに簡単にゆくものなら、われわれは苦労しないわけであるが、しかし簡単にゆかなくとも、「ふさぎの虫」を退治するには、この方法以外にはなさそうである。そして、実行してみれば、案外に簡単に成功するかもしれないのだ。少なくともその暗い気持に正面から取り組んで悪戦苦闘するより、効果がありそうである。

いずれにしても、虫のいどころが悪かったり、ふさぎの虫に取りつかれたりして、いつも仏頂面《ぶっちょうづら》をしているのは、人とつき合う道ではない。われわれには、自分が愉快でないからといって、他人までを不愉快にさせる権利はないからである。世間には、いつもにが虫をかみつぶしたような顔をして、ひとが笑う時にも決して笑わず、ひとが楽しんでいるのを見ると、「可哀《かわい》そうに、お前たちは知らないな」といった深刻面をし、それが良心的だと思っている人間がいるものだが、ああいう連中を見ても、どこか虫のいどころが悪いんだろうと考えて、気にしないことが第一である。

それにしても、私たちは常に平生の調子を保っているというわけにはゆかない。虫のいどころのよし悪《あ》しで、どんなはずかしい言動をするか分ったものではない。だとすれば、他人の虫のいどころに対しても寛大《かんだい》になろうではないか。あるフランス人の書いた「手紙の書き方」のなかに、「諸君を傷つけたり、不快にしたりした手紙をもらったら、すぐに返事を出さないで、しばらく待つことが大切だ。すぐに相手に向かって報復する態度に出てはいけない。常におだやかに、冷静に行動したという満足をもつべきだ」と教えているのは、「虫のいどころ」についてよく知っている人の言葉といえよう。

久米正雄 一八九一—一九五二 作家、戯曲家、俳人。作品に『手品師』『学生時代』『蛍草』等。

高田保 一八九五—一九五二 映画監督、戯曲家、随筆家。著書に『ブラリひょうたん』等。

徳川夢声 一八九四—一九七一 弁士、漫談家、随筆家、俳優。著書に『話術』等。

大倉喜七郎 一八八二—一九六三 実業家。父喜八郎より大倉財閥《ざいばつ》を受け継ぎ、文化・スポーツを支援した。

大和楽 一九三三年に創始された三味線音楽の一派。創始者は大倉喜七郎。代表的な楽曲に「あやめ」「河」「四季の花」等。

おせじについて

「おせじや見せかけに、ろくなものはない」とは、孔子《こうし》の教えをまたずとも、すべての人の心得ているところである。しかし人間というものは、口で言うほどは決しておせじ嫌いでないことは、各人が自分の胸にきいてみるだけで十分である。

パリの社交界

十八世紀のイギリスの小説家、スターン*は、名作『センチメンタル・ジャーニー』のなかでおせじや追従《ついしょう》の見事に成功した例をいろいろ面白く物語っている。たとえば彼がパリの社交界で、さる老侯爵に紹介されたことがあった。その侯爵は女にもてることで有名で、当人も、その方の自信は満々であったが、彼はスターンに向かって、「一度お国へ出かけたいものです」と言って、イギリスの女についていろいろのことをたずねた。するとスターンは、「いや、それはぜひ御無用に願います。今でさえわれわれイギリスの男は、あなたのおうわさをするだけで、女たちからほとんど見向きもされない始末なんですから」と答えたところさっそく侯爵から晩餐《ばんさん》に招待された。

また租税取立請負人《うけおいにん》の某氏《ぼうし》は、イギリスの租税について彼に根ほり葉ほりたずね、「お国では税金は大へんなんだそうですね」と言った。そこでスターンは、「あなたのようなお上手な取り立て方をイギリスでも心得ていてくれればこんなことはないんですが」と答えて、低く頭を下げたところ、二、三日して、彼の家で催《もよお》された演奏会に招待された。

自ら機知縦横の才女をもって任じている某夫人は、スターンがなかなかの才人であるということをきいて、ぜひとも会ってお話を承わりたいと申し込んできた。そこで、彼が訪問すると、腰を下ろすか下ろさないうちに、彼女のほうで、その才女ぶりを納得させるために、猛烈にまくし立て始めた。スターンは心得て、その席ではひとこともしゃべらなかった。それ以後、その夫人はだれに会っても、「殿方《とのがた》とあんなにタメになるお話をし合ったことはこれまでについぞないことでした」と言って大満足であった。

スターンは、こんな話をいろいろと並べたあとで次のように結んでいる。「わたしは、だれでもおよそ出会ったすべての人の好評を博した――そしてこんな調子でこの追従という代価を支払ってさえいれば、わたしはパリで自分の一生涯を食ったり飲んだり面白おかしく笑い興じてすごすこともできたことだろう。しかしこの取引はこれはインチキな勘定《かんじょう》というものだ――わたしにはこんなことをするのが恥ずかしくなってきた――これは下《げ》種《す》野郎の利得《もうけ》である――およそわたしのありとあらゆる廉恥心《れんちしん》がすべてかかることを嫌悪《けんお》した――相手の地位が高くなればなるほど一そう余計にわたしはこのさもしい手段にすがらねばならなかった――上層の集まりであればあるだけ――一そうわざとらしい不自然さに充ちた連中ばかりだった。――わたしは自然のままの人間にあこがれた。そして一夜、五、六人のいろんな人間にこの上もなく卑劣《ひれつ》に媚《こ》びたあげく、わたしはすっかり胸糞《むなくそ》がわるくなり――寝床について――下男にはイタリアへ出発するから翌朝馬を用意しておくようにと命じた」（松村達雄訳）

ほめる技術、喜び

フランス人には耳の痛い記述である。たしかに十八世紀のパリの社交界ではおせじが喜ばれたらしい。それも平凡なおせじでなくて、できるだけ気の利《き》いたおせじをみんなが競争して口にし合ったのである。たとえばこんな話がある。ヴォルテール*に悪意を抱《いだ》く連中が、彼の悲劇『アルジール』を、本当は彼の書いたものではないといううそを流したことがあった。そのとき、一人の将校がヴォルテールの前で、

「私もこのうわさが本当であることを心より願っています。なぜなら、われわれは偉大な詩人をもう一人新しくもつことになるわけですから」と言った、というのである。皮肉なヴォルテールがそれをきいてどう答えたかは伝わっていないが、案外に心のなかでは喜んでいたかもしれないのだ。

他人の面前で、その人の才能や美点をほめるのはつつしみのないことになっている。したがって、そんなばあいには、「失礼ですが、こんど××にお書きになった小説は結構ですね」といって「失礼ですが」とことわるのが礼儀とされている。しかし、この失礼を省《かえり》みず、なおかつほめずにはいられないという態度が、相手の自尊心に一層の満足を、与えるのはいうまでもないであろう。これは「あの人はおせじを言う人ではない」という評判をとっている人の賞賛の言葉が、最もききめのあるおせじになるのと同じである。

くり返していえば、人間はだれでもおせじを言われることを決して嫌いではないのである。ただその言い方に好みや注文があるだけの話である。フランスの哲学者のアラン*も言っている。「すべての人間が賛辞を好むこと、批判は常に人を傷つけることは、本当である。しかしほめ方には技術があるといわれているのは確かであって、その技術は、常に無条件にほめたまえ、という簡単な規則に要約される。諸君は、背の低い女に向かっても、いつも、《あなたの背は低くない》と言うがよい。なぜなら彼女は自分の背の低いことをよく知っているが、そういう風に考えることは彼女にとって少しも愉快でないにちがいないからである。われわれはすべて、一文なしになったことをよく知っていながら、それを無視するために、勘定などを問題にしない、あの浪費家に似ている。もしだれかが、若く美しく見せる鏡を発明したら、すべての人が争ってそれを使いたがるにちがいない」云々《うんぬん》。

大切なのは、この「無条件に」「少しの留保もなしに」、つまり「手ばなしで」ほめるということであろう。人をほめるということは、本当はそんなにやさしいことではないのである。それは少なくとも、悪口を言うよりはむつかしい。なぜなら、悪口には、いくらでも実感をこめることができるが、ほめ言葉に実感をこめるには、こちらが心から相手に推服していなければならず、それはしばしばこちらの自尊心と衝突《しょうとつ》するからである。結局、われわれのほめ言葉は、いつも、奥歯《おくば》にものがはさまったような、煮《に》え切らぬものになりやすい。口をきわめて、他人の悪口を言うことは、さまでむつかしいことではないが、手ばなしで人をほめることはなかなかむつかしい。しかしもし私たちが、本当に心から、手ばなしで人をほめることができたら、その後味は、他人をくそみそにやっつけたときより、はるかにいいにちがいない。

心にもないおせじを言うことは、たしかにスターンの言うように、屈辱的なことである。しかし私たちは、たまには心から他人の才能や美点に感心して、そのことを当人の前で少しも照れることなく述《の》べる喜びをもちたいではないか。まして、それが相手にとっても大きな喜びであるとすれば、なおさらのことである。

スターン　ローレンス・スターン　Laurence Sterne　一七一三—六八　イギリスの作家。著書に『紳士トリストラム・シャンディの生涯と意見』等。

ヴォルテール　Voltaire　一六九四—一七七八　フランスの啓蒙《けいもう》思想家、作家、歴史家。著書に『ニュートン哲学要綱』『カンディード』『哲学辞典』等。

アラン　Alain　一八六八—一九五一　フランスの哲学者、評論家、モラリスト、高校教師。著書に『精神と情熱とに関する八十一章』『芸術論集』『幸福論』等。

父親とのつき合い

「二人の人に会う。一人は老人、一人は若者。そして二人並んで歩きながら、たがいに何の話題も見出《みいだ》しえないでいる場合、自分は知る、それが父と子であることを」こんなことをだれかが書いたのを読んだことがある。

気づまりな関係

人間というものは、心が深く通い合っているときには、おたがいになんにもいわなくとも、結構楽しいものである。しかし父親と並んで歩きながら、おたがいに何の話題も見出しえないのは、心が通い合っているのではなくて、おたがいに気づまりである場合のほうが多いのではないだろうか。少なくとも、私などの世代にぞくするものは、父親と顔を合わせた瞬間から、一刻も早くひとりになりたいと願ったものである。湯川秀樹*氏の『旅人』を読んでいると、そのなかに次のような記述があった。「私の小さい時の父は、子供との接触が少なく、むずかしい人に思われた。……私は父に抱かれた記憶がない。世間の多くの子がするように、父親のひざに乗って甘《あま》えたり肩先をゆすって物をねだったりしたこともない」

私の父は、湯川博士の厳父《げんぷ》小川琢治《たくじ》＊先生のような偉い学者とはちがって、一介の商人にすぎなかったが、私もまた父に甘えた記憶はない。いや私だけではあるまい。私たちと同じ世代のものはほとんどみなそうではなかったろうか。

先日、井上靖《やすし》＊君と、人とつき合う法について雑談していたとき、「どうも私たちはおやじとつき合う法を知らなかった。そして今になって、もっとよくつき合っておけばよかったと後悔している」と井上君は感慨深そうにいった。これは私も全く同感だった。父親というものをつき合いの対象と考えなかったところに、私たちの不幸があったといってもよいだろう。しかし私たち自身は、自分の子供と、うまくつき合っているだろうか。父と子のつき合い方は依然として改まっていないというのが現状ではないだろうか。

さきほどの文章のなかで湯川氏は、父君《ふくん》の厳格だった理由、「子供をあまやかしてはいかん」と常に母堂をいましめていた理由として、「父は、子供もまた一個の人格として、認めようとしたのかもしれない。それは子供らしさの代りに、一人前の意識を子供に要求することであった」と書いておられる。しかし、こういう父親はむしろ例外であって、世の多くの子供たちの父親に対する反抗は、彼らを一個の人格として認めてくれないところから発するのが一般である。

家長としての威厳

大ていの家庭では、父親は家長としての威厳を子供たちに示したがるものである。「だれのおかげでお前たちは安楽に暮していられると思うのだ」というのは、ほとんどあらゆる父親が心のなかに用意している最後通牒《つうちょう》である。子供たちは、その手口をよく知っているだけに、それはなんの効きめもたず、むしろ彼らをますます反発させる結果になるのである。

アンドレ・ペラン*の『父』（東都書房刊、佐藤房吉・泉田武二共訳）という小説は、フランスでも大分に評判だったらしいが、父親を憎む少年のこまかい心の動きが実に鮮かに描かれている。主人公のルネはそのなかで次のように語っている。「私を相手にしつこい叱言《こごと》をいっている時、父はひとつの演技を、父という演技をやっているのだという感じを持つことも屢々《しばしば》あった。父の威厳を見せ、それを押しつけるための、要求であり、命令であり、叱責《しっせき》であり、その変らざる酷《きび》しさでもあったのだ。父はそう思いこみ、そうした気持にもとづいて振舞ったのだ。私に対する父の厳格さは、必ずしも常に父の本心とは思えなかった。漠然とではあったが、私には父がそこで芝居を、茶番をやっているようにも思えた——私のためばかりでなく、自分に向かっても。私の前で、父親らしい体裁《ていさい》をつくるだけではなく、自分の眼にもそれを信じこませたかったのだ。……私は父の底意を看破《かんぱ》していた。少なくともそう信じていた。父の態度は、私が父を批判し、非難していると知っての屈辱感をわが身から洗い落そうとしていたのである」

まことに小憎らしい観察であって、私はむしろ父親に同情したいが、このように手のうちを見破られてしまうと、もはや処置なしである。父親としての威厳を示そうとすればするほど、かえって茶番になるばかりである。しかしこの少年は後になって父親をそのように批判したことを後悔しないだろうか。他日彼が父親になって、自分の子供から同じような批判を受けるとき、彼は父親を観察するには別の立場もあったことを、しみじみと悟《さと》るにちがいない。

父親の悲しさ

父親がつまらない威厳を示したがることが父と子のあいだを遠ざけることになるのは、いく度くり返してもいいすぎではないが、父親にはまた子供に対するはにかみのあることも、子供としてはよく心得ていなくてはならない。

＊マルセル・パニョールの傑作《けっさく》『マリウス』のなかで、父親のセザールは友人に向かって次のようなことを述懐《じゅっかい》する。「マリウス（息子の名）は二十四だといっても、おれはまだ、いざって時には、頬《ほ》っぺたの一つや二つ、なぐってやる。だが、女の話ばかりは、あいつの前で、言いにくいよ。変てこな塩梅《あんばい》でね。はにかみってやつだろう。父親のはにかみよ」

父親が年ごろの息子の、もしくは娘の前で話しにくいのは、女（もしくは男）の話や、恋愛の話ばかりではない。心のなかでは一人前の大人、一個の人格と認めながらも、どんな問題についても、友人同士のあいだのようにざっくばらんに話し合うことをはばかる気持がある。それは父親としての威厳を失いたくないという気持ではなくて、むしろ子供に対する尊敬の気持、自分の子供ではあるが一目《いちもく》置くという気持である。それには喜びと同時に寂《さび》しさ、もしくは失意の気持がまじっている場合もあるかもしれない。前述の『父』のなかで、学校の成績のよいルネに向かって父親が、「お前が一番だからといってだな、何も……一番は、家では、それは父親だ。よく覚えておけよ」というところがある。たしかにこれはイヤな父親である。しかし、この父親の悲しさもまた理解してやらねばならない。

結局、父親とのつき合いにも、思いやりが大切だということになる。戦後は、家庭における父親の威厳がひどく落ちたということである。そのために父と子のあいだのへだたりが少なくなったとすればまことに結構である。しかしそれと同時に、父の悲しみや寂しさがかえってふえたのではあるまいか。もしそうだとすれば、父とつき合うには思いやりとやさしさがますます必要ということになろう。

湯川秀樹　一九〇七―八一　物理学者。大阪帝大、京都帝大で教鞭《きょうべん》を執る。中間子の存在を予言し、後にそれが発見され、日本で初めてノーベル賞（物理学賞）を受賞する。著書に『目に見えないもの』『量子力学序説』『旅人　ある物理学者の回想』『物理講義』等。
小川琢治　一八七〇―一九四一　地質学者。京都帝大で教える。主著は『地質現象の新解釈』。
井上靖　一九〇七―九一　詩人、作家。著書に『闘牛』『天平の甍《いらか》』『蒼《あお》き狼《おおかみ》』『しろばんば』『孔子』等。近年、ノーベル賞候補だったことが明かされた。
アンドレ・ペラン　André Perrin　一九〇三―？　フランスの作家。『父』でルノドー賞受賞。他に『*L'Indifferent*（無関心）』『*Au moulin des heures*（時間工場で）』等がある。
マルセル・パニョール　Marcel Pagnol　一八九五―一九七四　フランスの戯曲家、映画監督、作家。「パニョル」とも。作品に『栄光の商人』『若き日の思い出』『愛と宿命の泉』等。

師弟のつき合い

私が京都大学の学生だったころ、深田康算《やすかず》という偉い美学の先生がおられた。先生は、日本の哲学界の大恩人であるケーベル先生の愛弟子《まなでし》であった。伝説によれば、ケーベル先生の講義はドイツ語で行われるので、学生でそれを完全に理解できるのは深田先生しかなかった。

ケーベルの伝説

そこで学年試験には、ほかの学生（その数は当時のことだからごく少なかったにちがいない）たちは、深田先生が書いた答案を順々に写して、ケーベル先生に提出することにしていた。ケーベル先生はそのことを知っていられたが、そ知らぬ顔をしていられた。ところが、ある年の試験に、一番最後に深田先生の答案を写す番になった学生がもはや時間がないことに気がつき、その答案から深田先生の名を消して、自分の名を書きこみ、それを提出してしまった。そこで深田先生は大いに困って、ケーベル先生に、「先生、ぼくの答案がなくなりました」と申し出ると、先生はにっこりと笑って、「いや、君は答案を出さなくともよろしい」と答えられた、というのである。これは伝説であるから、真偽《しんぎ》のほどは保証しないが、明治三十年代の、のん気な大学の空気や、またケーベル、深田両先生の美しい師弟の関係がうかがわれて、私には忘れられない話である。

友人の答案をそのまま写して提出する学生は現在だってないことはあるまい。聞くところによると、近頃は、文科の卒業論文の代作をアルバイトにしている学生がたくさんあって、相当の謝礼をすれば、芥川龍之介についても、アンドレ・ジードについても、サマセット・モームについても、すぐ論文を書いてくれるそうである。ところが、そのアルバイト学生は、自分でそれらの作家について研究したのではなく、だれかの書いた作家論をそのまま写してくるのである。教授のほうでは、そこまでは目がとどかないから、あの学生にこんな論文が書けるはずがないと思いながらも、それをパスさせざるをえないのである。

それにくらべると、明治時代の大学生のほうが無邪気で、悪びれなかったといえるかもしれない。彼らはケーベル先生の目をくらまそうなどとは決して思わず、最初から白旗をかかげ、一途《いちず》に僚友《りょうゆう》のなかの大秀才に頼っていたわけであって、先生も笑ってそれを見逃がされたのにちがいない。これを師弟間の信頼の現われと考えたらまちがっているだろうか。

ちかごろは師弟間の愛情がたいへん薄くなったというのが通説になっている。私は必ずしもそうは思わないが、昔のような、師弟間の底ぬけの信頼というものは確かに稀薄《きはく》になったように思われる。それは先生の側に、そのような信頼に応じられるだけの精神的、物質的余裕《よゆう》がなくなったことが大きな原因である。

教師の能力

東大総長をつとめられた*矢内原《やないはら》忠雄氏の『私の歩んできた道』によると、氏が一高生の時分、新渡戸《にとべ》校長が「生徒に面会する面会日というのを作っておられた。そして学校の校長室では生徒が窮屈がって来ないだろうというんで、わざわざ学校の近くに家を一軒お借りになって、木曜日の午後、そこに行きたい生徒はだれでもこいというわけで、塩せんべいや最中《もなか》なんか出されて、食べながら生徒の質問に答えて、何でも話された」と話しておられる。私たちの学生時代にも、これと似たことをされた先生はいくらもいられた。しかし現在の高校の校長にはこのようなことは経済的に絶対にできないことである。現に矢内原先生も、東大教養学部長のとき、新渡戸校長にならって面会日を作ったが、生徒の数が当時よりは四倍もふえ、また学校の近くに家を借りるなどということができず、学校の中の一室で、学生に会おうとしたので、結局うまくいかなかったと、述懐されている。学校の外でも師弟が相むつみあうということは、今日では、不可能でないにしても、きわめて困難になっているのである。

しかし、それよりももっと重大なことがある。漱石の『こころ』という小説を読むと、主人公の「私」は、彼の好きな「先生」に向かって一途に尊敬と親愛の情を披瀝《ひれき》しようとするのであるが、「先生」は「あんまり逆上《のぼせ》ちゃ不可《いけ》ません。あなたは熱に浮かされているのです。熱がさめると厭《いや》になります。私は今のあなたからそれほどに思われるのを、苦しく感じています」と答えるところがある。私は現代の教師は自分の学生に対して、多かれ少なかれ、この「先生」と同じような気持を抱き、たとい、どのように愛する学生であっても、彼から全面的に頼られることを避けたいとする気持があるのではないかと思う。それは責任を回避するといったことではない。

「教室というものは一つの大きな家族であると人はいうけれども、諸君は全部同い歳《おなどし》の子供を六十七人も有《も》っている父親を想像できるだろうか」とアランのいうように、教師は自分の能力の限界をはっきりと知っているからである。

新しい師弟愛

戦争時代多くの教師たちは、天下《あまくだ》りの徳目を、そのまま口うつしに生徒たちに教えていた。いわゆる殉国《じゅんこく》の精神を確信ありげに彼らに吹きこんでいた。良心的な教師たちには、今ではあのようなことを、二度とくり返したくない覚悟がある。道徳教育に対する彼らの根強い反対の理由もここにあると考えてよい。しかも一方若い人たちには、新しい形の予言や神託《しんたく》を求める傾向が、彼らがまじめであればあるほど、多いのである。第一次大戦のあとで、フランスの青年について、デュアメルは次のようなことを書いている。

「諸君の足をとめて、煙草《たばこ》の火を借りるものに、しゃべるがままに任せてみ給え。十分後には彼は諸君に神を求めるだろう。すべての人は彼が自覚すると否《いな》とに拘《かかわ》らず、法則を、規範を、方向を、束縛を欲している。すべての人は、何びとかの力に頼ってものを評価したり、選択したり、決定したり、解決したり、結論を導き出したりする労力や配慮から免れることを求めている」

私もまた教師の端くれであるが、私は生徒に人格的な影響を与えようとか、彼らの人生の指導者となろうとかいうような大それたことを考えたことは一度だってない。

多少とも良心のある教師はみなそうではないかと思う。したがって、世の青年たちも教師に向かって法則や規範や方向や束縛を求めてはならない。むしろ、そのようなものを与えたがる教師を警戒しなくてはならない。いいかえると、教師と従属的な関係になるようなつき合いはできるだけ避けなければならぬ。教師に責任を負わせることによって自己自身を束縛してはならない。

教師に向かってもの欲しそうであってはならぬ。現代では、教師もまた、人生いかに生きるべきかについて必死になっているのだ。その悩みと闘《たたか》いに共感し、それを尊敬するとき、初めて新しい師弟間の愛情と信頼が生れてくるにちがいない。

深田康算 一八七八―一九二八 美学者。「こうさん」とも。京都帝大で教鞭を執った。著書に『美しき魂』『芸術に就いて』『ロダン』『美と芸術の理論』等。
ケーベル ラファエル・フォン・ケーベル Raphael von Koeber 一八四八―一九二三 ドイツ系ロシア人の哲学者、音楽家。東京帝大で哲学、美学、美術史を講じた。教え子に安倍能成、岩波茂雄、阿部次郎、九鬼周造、和辻哲郎、深田康算、波多野精一等がいる。
矢内原忠雄 一八九三―一九六一 経済学者、植民政策学者。著書に『帝国主義下の台湾』『マルクス主義と基督教』『アウグスチヌス「告白」講義』等。

兄弟のつき合い

ドストエフスキー*の『カラマーゾフの兄弟』のなかに、二十四歳になる中兄のイヴァンが、二十歳の弟のアリョーシャに向かって、次のようにいうところがある。「僕はお前を、十一の年まで覚えてる。そのとき僕は十五だったね。十一と十五という年は、兄弟がどうしても友達になれない時分なんだね。僕はお前が好きだったかどうか、それさえ覚えがないくらいだよ。……今まで一度もしんみり話したことがないんだ。……僕は一度しっかり、お前と近づきになって、お前に僕という人間を知らせたい、それを土産《みやげ》に別れたいのだ。……」

兄弟の縁は半世？

たしかに兄弟というものは、子供の時分は、喧嘩《けんか》相手であっても、しみじみと語り合う友達ではない。本当に兄弟の愛情が湧《わ》き出すのは思春期以後である。と同時に、兄弟が憎み合うのもまた、そのころからであるといえよう。やがて兄弟のそれぞれが配偶者をもつようになると、二人のあいだは一層疎遠《そえん》になりやすい。親子は一世、夫婦は二世といわれるが、兄弟の縁は半世にも足りないかもしれない。世のなかには、兄弟よりも親しい友人をもっている人はいくらでもいるであろう。しかし私たちは、父親に対すると同じく、兄弟に対しても、本当のつき合いかたを知らないのではないだろうか。

私には兄が一人と弟が二人あった。すぐ次の弟は三つのときにジフテリアで死んだから、いまでは顔も覚えていないが、その下の弟と兄はこんどの戦争中に死んだので、その思い出は今もなお私の心になまなましい。そして、老境に近づくにつれて、亡兄や亡弟を懐しむことがしきりである。もっと彼らとよくつき合っておけばよかったと悔まれてならない。

子供の時分に、猛烈に喧嘩をした兄弟ほど、年がよると仲よくなるものだとよくいわれるが、たしかにその傾向はある。兄弟の年があまり違いすぎていると、めったに喧嘩をしないかわりに弟はいつも兄に頭をおさえつけられている感じで、年の近い兄弟同士のあいだのような親しみがわかない。しかし年が近いと、どうしても両者の利害関係が衝突《しょうとつ》する。それが兄弟喧嘩の原因になるのである。誰でも胸に手を当てて考えてみるがよい。子供の頃に兄もしくは弟と猛烈な喧嘩をした原因は、取るに足らぬ品物や食べものを奪い合ったことが大半であろう。だが、こんな風に対等に喧嘩ができるということは大切なことであって、腕力が強かったり、頭がよかったりする兄に、いつもおさえつけられて少年時代を過した思い出ほどみじめなものはない。

地獄の道づれ

＊中勘助の名作『銀の匙《さじ》』には、そのような兄の圧制に苦しみ、反抗する、感じ易い少年の心理がこまやかに描かれている。あるとき、むりやりに釣り堀につれてゆかれた帰りみち、夕暮の空に耀《かがや》きはじめた星を懐しく見とれている弟に、兄は「なにをぐずぐずしてる」と叱《しか》りつける。弟は「お星様をみてたんです」と答えると、兄は「馬鹿、星っていえ」と怒《ど》鳴《な》りつける。作者はそのあとに、「あわれな人よ。なにかの縁あって地獄の道づれとなったこの人を 兄さん と呼ぶように、子供の憧憬《どうけい》が、空をめぐる冷たい石を お星さん と呼ぶのがそんなに悪いことであったろうか」と書いている。

兄弟が地獄の道づれになるほど不幸なことはない。私は最近、受験生の悲劇を取り扱った『若い広場』＊という映画を見たが、そのなかに、東大出身の秀才の兄が、受験準備に消耗《しょうもう》し切っている高校生の弟に向かって、「東大以外の大学など、大学と認めないぞ」といってはっぱをかける場面があって、いまの世のなかに、まだこのようなバカがいるのかと思って腹が立った。こんな兄は、たしかに地獄の道づれである。

兄弟が、年がとればとるほど仲がよくなるためには、共通の思い出ができるだけたくさんあることが必要である。単に楽しい思い出とは限らない。いやな思い出、辛《つら》い思い出、悲しい思い出、どのような種類の思い出であっても、喜怒哀楽を共にした思い出というものは、あらゆる人間関係において、相互の強い結びつきになるものであるが、兄弟の場合はとりわけそうである。兄弟というものは年頃になるとお互いにテレて、共通の行動を避けたがるものであるが、それが他人の始まりになる。やむをえない点もあるが、兄弟同士のはにかみから、自然の愛情を無理に殺すのは意味のないことであろう。

全く、今になっておどろくのは、私には死んだ兄や弟としんみり話し合った思い出、しっかりとつき合った思い出がほとんどないことである。兄弟の間柄《あいだがら》であるから、わざわざ口に出していわなくとも、心はいつも通じ合っているという確信はお互いにもってはいるものの、しかし、どんなに親しい間柄でも、ときどき心のなかをくまなく吐露《とろ》し合うことが必要なのである。なぜなら、口に出していわないことが、だんだんたまってくると、それが心の外側に厚い壁を作るようになり、お互いに真情を披瀝《ひれき》したいと思うときがきても、心の波長がうまく合わない危険があるからである。

退屈を大切にする

私の亡弟は、胸の病気のために永いあいだ寝ているところを空襲に遭《あ》って家を焼かれ、人のなさけで、北陸の小都市に疎開して、そこの病院で三十幾つかで死んだのであるが、死ぬ一週間ほど前に、私の手を握って、「どうして僕はこんなに運が悪いんだろう」といい、また「僕は幸いに借金が一銭もないから安心してくれ」といった。一銭の借金もできないほど、気の小さかったことが、この弟の不運の原因であったともいえるのであるが、私にはなんといって慰めてよいのか、ただ強くその手を握り返すだけであった。こういう話は、それまでも、度々話す機会はあったのである。それをお互いに避けていたのは、まさかのときには力になり合えるという相互の信頼があったからである。しかし、そのまさかのときが、最後の、ぎりぎりの、まさかのときであったことは、なんといっても残念でたまらない。

「最も親しき友人というものは、常に兄弟のように退屈である」と萩原朔太郎《はぎわらさくたろう》が書いている。たしかに人間はあまり親しくなると、そのつき合いが退屈になってくる。スリルもなければ、新しい発見もない。兄弟のつき合いは、その退屈の最大なものである。

だが、この退屈を大切にしなくてはならない。兄弟の仲が緊張しているのは、仲の悪い兄弟にきまっている。兄弟同士で栄達や立身出世を争わねばならぬほど悲惨なことがあるだろうか。それはまさに地獄の道づれである。賢兄愚弟という言葉があるが、兄弟のつき合いは愚兄愚弟でありたいものである。

ドストエフスキー フョードル・ミハイロヴィチ・ドストエフスキー Fyodor Mikhailovich Dostoyevsky 一八二一—八一 ロシアの作家、思想家。著書に『地下室の手記』『罪と罰』『白痴』『永遠の夫』『悪霊』『未成年』等。

中勘助 一八八五—一九六五 作家、詩人、随筆家。著書に『提婆《でーば》達多《だった》』『沼のほとり』等。

若い広場 一九五八年公開の日本映画。監督・堀内真直、出演・片桐真二、高千穂ひづる、渡辺文雄、有沢正子。

親友について

*真船豊氏はその著『孤独の徒歩』(新制社刊)の中で、戦争中、北京《ペキン》で親交を結んだある中国人について、「心に、沢山の間数《まかず》を持っていて、相手によって、その応接間へ通した切りの付合《つきあい》をしたり、また相手によって、奥の間《ま》や、茶の間へ、通して付合うと言った、直感の鋭い、気骨のある文人だった」と書いている。この表現を私は面白いと思った。

応接間と茶の間

ところで、私たちの友人づきあいのなかで一番むつかしいのは、応接間へ通した切りのつきあいではなくて、奥の間や茶の間へ通してつきあう友人とのつきあいではないだろうか。つまり、親友同士のつきあいである。応接間だけのつきあいには一定のエチケットがあって、それを守っていれば、まず大過がないが、奥の間や茶の間のつきあいは、エチケットを守らない、というより、そんな固苦しい、もしくは水臭《くさ》いものでない、ということが建前であるから、どんな特殊な場合が出てくるか分らない。親友には気を許して、どんな行動に出ても、決して誤解されることがないなどと考えていると、とんでもない失敗をすることが多いのである。

まず自分は相手の奥の間に通されているのか、それとも応接間だけの客にすぎないのか、という判断は容易ではない。永いあいだのつきあいでも、奥の間まで通したことのない友人もあれば、初対面から茶の間づきあいの友人もある。しかしこちらが相手を茶の間の友人と考えて馴《な》れ親しんでいても、相手がその気になっていてくれなければなんにもならない。またその逆もありうる。

太宰治に『親友交歓』という皮肉な小説がある。戦災にあって郷里に避難している作者の家に現われた、小学校時代の親友と自称する男に、秘蔵のウイスキーをがぶがぶ飲まれて閉口する話であるが、その男は作者をさんざん悩ましたあげく、最後に、玄関にまで送って行った作者の耳元で烈《はげ》しく「威張るな!」とささやいた、というのである。この種の被害は誰もが多少とも経験するところであろう。

親友でもなんでもない人間になれなれしくされて蒙《こう》むる被害は、まだしも我慢することができる。しかし、こちらが親友だと思いこんでいる相手が、実はこちらを応接間の客としてしか取り扱っていなかったことを知った場合の、恥ずかしさ、寂《さび》しさ、まの悪さは、なんとも救いようがない。相手が不実なのでもなんでもなく、こちらが鈍感だったにすぎないからである。

愛情の分量

そこで話を元に戻して、ともかく二人は親友であると仮定してみよう。おたがいに奥の間や茶の間に通したり、通されたりするつきあいであるとしてみよう。だが、この二人の友情が永い期間にわたっていつも同じ強さでつづくものではないことは、夫婦のあいだと同じである。ポール・ヴァレリーは「一日のうちに感じられ、表現される愛情の分量には限度がある」と言っているが、私たちは、たとえどんな親友であっても、いつもいい顔ばかりを見せているわけにはいかない。それどころか、あまり親しくなりすぎて、いまでは退屈でたまらない親友というものも確かに存在する。この鼻についた親友ほど取り扱いにくいものはない。こちらの味方ではあってくれるだろうが、憎らしい敵のように、こちらの闘志をかき立ててくれないから、いつのまにか足手まといの重荷のような感じになってくる。こんな友人と手を切ったら、さぞかしさっぱりするだろうとまで思いつめるようになる。人間というものは、本当は他人の愛情なしではいられないものであるが、時として、あらゆる他人の愛情から身軽になりたい、完全な孤独の状態になりたいという烈しい欲求にかられるものである。そのとき彼が真先に手を切りたいと思うのは自己の肉親であり、次には最も親しい友人である。

「ひとが友情をのぞむのは、自己の無力や貧しさのためではないか、つまりお互いに尽したり尽されたりして、自分ひとりだけではできないことを、他人からして貰ったり、またこちらからも仕返す、ということではないか」というキケロの言葉が本当だとすれば、私たちが自己の無力や貧しさを感じなくなったとき、もしくはそう思いこんだとき、それまでいちばん貸し借りの多かった友人（それが一般に親友と呼ばれるものであるが）から身軽になりたいと思うのは、きわめて自然のことであろう。

ともかく親しすぎることが、鼻についてくるのである。この気持が二人のあいだで同時に生れてくると、話は簡単である。どちらからとなくおたがいに足が自然に遠ざかるからである。しかし、一方の友情が冷たくなっているのに、他の方でそれに気がつかないと話がややこしくなってくる。自分は相変らず奥の間に通っているつもりでいるのに、いつのまにか玄関先であしらわれているのに気がついて、腹を立てる、というのはよくあることだが、ラ・ロシュフコーに言わせると、「友人の友情が冷たいのに気づかないのは、自分に友情のない証拠《しょうこ》である」という。これは鋭い観察である。

相手が親しさのあまり、こちらによそよそしくするようになったことに気がつかないようでは、本当の親友であるといえないかもしれない。

親友は好敵手

「あんな男とは思わなかった」というのは、友人から裏切られたと思ったときに、人のよく口にする言葉である。しかし簡単にそうきめてしまわずに、自分の方に思いちがいがなかったかどうかを反省してみることが必要である。まして相手が親友だった場合はなおさらである。

私たちは兄弟のように親しくしている友人については、自分も相手と同じように成長していると思いがちである。いや、本当は、自分のほうが少し先に進んでいると思いたい欲求をもっている。相手がいつのまにか自分を引き離して遠いところに行っているなどとは、とても考える気にならない。だが実際はその反対の場合が少なくないのである。それをこちらに気づかせないのは相手の友情である。以前は、何についても、二人の見方や考え方が一致していた。しかしそういう期間はごく短いのであって、二人が成長すればするほど、お互いのものの見方や考え方に距離が生じてくるのが当然である。そのとき二人が同じように成長しているならば、たとえ相互の考え方が非常にちがっても、それを理解し合うことができる。悲劇は、一方がいつまでも同じところで足ぶみをしているのに、相手はいつのまにか遠くを歩いている場合に生じる。永久に親友であるためには、相互の友情に常に養分を与えなければならない。その養分とは、ひと口に言って、相互の励み合いである。競争心といってもよい。親友は同時に好敵手でなくてはならない。

真船豊 一九〇二—七七 戯曲家、作家。作品に「鼬《いたち》」「遁走譜《とんそうふ》」「鶉《うずら》」『忍冬』等。

ライヴァルについて

前回の親友とのつきあい方のなかで、親友は同時に好敵手であることが望ましいと私は書いた。しかしこの問題は複雑で困難だから、もう少し詳《くわ》しく考えてみたい。

鏡花と秋声

同じ友人のなかでも、その男のすること、なすことが一々気にかかる友人と、そのような気持を全く起させない友人とがある。そんな絶えず気にかかる男は友人にもたないほうが気が楽でよいはずであるが、しかしその友人がいるために、なにくそ負けるものかという競争心が出てきて、仕事に励みが出てくることも多い。一般にその種の友人をライヴァルと呼んでいるが、世にもむつかしいのは、このライヴァルとのつきあい方である。

もちろん最初からはっきりと敵味方に分れて一生涯いがみ合っていたというライヴァルはたくさんある。とくに芸術家や政治家の世界に多く、それについての深刻な話、滑稽《こっけい》な話は昔から山ほどある。泉鏡花と徳田秋声は尾崎紅葉の同門の弟子でありながら、いや、同門の弟子であったために一層仲の悪い友人であった。二人の不和は相互の名声が高まるにつれてますます深まっていった傾きがある。あるとき、なにかの会合で、秋声が後輩の作家たちにとりまかれて上機嫌《じょうきげん》でいたとき、突然ラジオで鏡花の『湯島の境内《けいだい》』の放送が流れ出したために、秋声は顔色を変えて、放送の間中「不愉快だ、不愉快だ」とつぶやきながら、部屋のなかを歩きまわっていた、ということをその場にいた人からきいたことがある。この種の話はいくらでもあげることができるだろう。

気に入らない友人だから、つき合わないでいようと考えていても、その人間のことが絶えず心にかかっているかぎりは、その人と心のなかで、つきあっているわけだから、心の安まる暇《ひま》はないわけである。直接にはつきあっていなくともお互いの消息は、絶えず相互の耳に入っている。それがつまりライヴァルというものなのである。

無名作家の日記

しかしおたがいに、つきあわずにすむライヴァルは、まだしも気が楽である。始終顔を合わせていなくてはならぬ競争相手ほど気骨の折れるものはあるまい。まして敵ながら天晴《あっぱ》れと感心し、敬意を抱《いだ》かずにはいられない相手は最も苦手である。

菊池寛*に『無名作家の日記』という名作がある。作者の半自叙伝《じじょでん》で、京都大学でただひとり勉強し、作家志望に燃えている主人公が、東京で花々しく文壇に出てゆく友人たちを嫉妬《しっと》と羨望《せんぼう》の念にかられて眺めている心のなかを描いたものであるが、そのなかで主人公はライヴァルの友人たち、とくに才能の抜群な山野という友人について次のように書いている。

「俺は、何時《いつ》も山野が、自分の人格の強みを頼りとして、無用に他人を傷つけるような、態度に出るのが不快だった。が、それにも拘《かか》わらず、彼奴《あいつ》の才分を認めない訳には行かなかった。……殊《こと》に、山野となると、意識的に俺《おれ》を圧倒しようと掛っていた。彼奴は、自分の秀《すぐ》れた素質を自分より劣った者と比較して、其処《そこ》から生ずる優越感を以《もっ》て、自分の自信を培《つちか》っているという、性質の悪い男であった。そして、その比較の対象となるのは、大抵の場合、俺だった」

この山野という友人のモデルは芥川龍之介であると伝えられているが、この小説を読んで感じることは、主人公の無名作家が劣等感に悩まされて、仮想の敵を作り、嫉妬と自虐《じぎゃく》に不必要に苦しめられていることである。しかし私たちは常に圧迫を感じている才能ある友人を競争相手にしたときには、必ずこの小説の主人公と同じような煩《はん》悶《もん》をするにちがいないのである。

彼はまた、京都にただ一人やってきた理由として、「彼等の秀れた天分から絶えず受けている不快な圧迫に、堪《たま》らなくなった為《ため》だ」と書いている。これではすでに最初からライヴァルに一歩ゆずったことになる。

私たちが一般に競争意識をかき立てられるのは、自分と才能や能力がほぼ伯仲した相手に対してである。自分よりとびぬけてすぐれた才能の持主や、赤ん坊の手をよじるように扱える相手に向かっては競争心を起さないであろう。自分でも機会を与えられたら、やれる自信のあることを、相手に先にしてやられたことに対して、嫉妬や羨望が生れてくるのである。スクリーンの名花が花やかな結婚をしたのを見て羨《うらや》ましいとも、妬《ねた》ましいとも思わない男でも、同じ職場の美人の同僚《どうりょう》が、友人のだれかと結婚したら、心が平らかでないにちがいない。彼にもチャンスがあったかもしれないからである。

競争による成長

くり返していえば、競争意識というものは、競争が可能な相手に対してかき立てられるものである。そして相手もそのことを知っているために、こちらに負けまいと競争心を呼び起す。したがって、こちらが相手のすることなすことを気にするのと同じく、相手もこちらの行動を気にしていると考えてよい。それが相互の励みになる。ライヴァルのない人生は単調で味気ないといってもいいすぎではあるまい。人と争うことを好まないという消極的な人も世のなかには確かに存在する。しかしそのような人でも、同じような消極的な人を相手にした場合には、これと競争せざるをえないのである。その消極性の競争を。

私はライヴァルは決して避けるべきではないと思う。むしろこちらから進んで見つけ出すべきである。それによって自分の人生に活気を与え、それを豊富にすべきである。なにごとによらず競争は勝つに越したことはない。しかし勝利の喜びは、相手が手ごわいほど大きいのは、あらためていうまでもあるまい。したがってライヴァルは日ごとに成長し強くなってゆくことが望ましい。それにつれて、こちらも精進《しょうじん》せずにはいられなくなるからである。シーソー・ゲームのように、こちらが勝てば向うも勝つという勝負をくり返しているうちに、お互いに成長してゆくのが、真の好敵手というものであろう。

しかし人間同士のつきあいは、こんな奇麗ごとにはなかなかゆかないのが普通である。私たちは常に自分に圧迫を与えるライヴァルに対して、時として殺意をすら抱きかねない。最初は自分の手のとどく範囲にあると思っていた相手が、いつのまにか遠く自分を引き離した地点に立っているのを自覚するときのくやしさ、憎らしさは、私たちが長い人生でたびたび味わわなければならないものである。

だが私たちはライヴァルを大切にしよう。ライヴァルがあり、それに対して絶えず闘志を燃やすことができるあいだは、私たちが日々に成長しているのだと考えることにしよう。心をはずませるところのないつきあいはすぐ退屈になる。私たちは親友とのつきあいを退屈なものにしないように注意したいものである。

徳田秋声　一八七二―一九四三　作家。著書に『黴《かび》』『爛《ただれ》』『あらくれ』『縮図』等。

尾崎紅葉　一八六八―一九〇三　作家。著書に『伽羅枕《きゃらまくら》』『多情多恨』『金色夜叉《こんじきやしゃ》』等。門下に泉鏡花、田山花袋、小栗風葉、徳田秋声等がいた。

菊池寛　一八八八―一九四八　作家、戯曲家、ジャーナリスト。文藝春秋社（現在の文藝春秋）を創設した。代表作に『父帰る』『忠直卿《ただなおきょう》行状記』『恩讐《おんしゅう》の彼方《かなた》に』『藤十郎の恋』『真珠夫人』等。映画会社の大映社長、日本麻雀《マージャン》連盟初代総裁も務めた。

友達のできない人

私は、この文章を書き始めてから、多くの若い人たちから手紙を貰《もら》うようになったが、そのなかでいちばん多いのは、自分にはどういうわけか友達がちっともできない、いったいどうすれば友達ができるのでしょうかという訴えである。私はこれらの手紙を読むたびに、世のなかには孤独な人が意外に多いのを知ってびっくりした。そこで今日はこの問題について考えてみたい。

臆《おく》病《びょう》心《しん》

友達ができない原因についてはいろいろ考えられる。人間には容貌《ようぼう》、気質、性格、才能の相違から、人好きのする人と、しない人の区別のあるのは免れがたく、そして人好きのしない人が一般に友達に恵まれないのは見やすい道理であるが、最初から自分は人に好かれないと思いこむことは、ますます人を遠ざけることにならないだろうか。友達ができないという理由のなかでいちばん大きなものは、この劣等感、もしくはこの臆病さではないかと思われる。

いったい臆病とはどういうことだろうか。アランの『定義集』という本を見ると、次のような説明が出ている。「それは対象のない恐怖、もしくは心のなかに描いているさまざまの危険をはるかに凌駕《りょうが》する恐怖である。われわれはなにかを演奏する前には攻撃の前の兵士、刑の執行を受ける前の罪人とほとんど同じような恐怖を抱く。臆病心は、この恐怖が、たとえごく小さいものであっても、われわれがそれに気を取られ出すと、すぐ増大してくることから生じる。またとりわけ、いろいろ理由を考え出してそれに打ち勝とうとすると、ますますそれについて考えることになる。臆病心というものは行為に移る前の筋肉や気分の不安にほかならぬから、完全にそれから立ち直るには体操による以外はない。休息の態度を取ることが、もしくは、もし可能ならば、実際の仕事に肉体を専念させることが問題である」

たしかに人間は理由のない不安や恐怖から臆病になっている。自意識過剰《かじょう》といってもよいが、自分の容貌や性格が他人に快感を与えないと思いこみ、人の前に出ても、そのことにばかり気を取られていると、それが固いカラになって、自分の持っているさまざまな美点までを被《おお》いかくして、ますます自分を人に好かれない人間にしてしまう。

自分の美貌を鼻にかけた美人というものはいかに美人であっても、他人に快感を与えないものだが、自分の美しくないことに絶えず劣等感を抱いて卑下している人は、それに劣らず他人を不快にする。男女を問わず、仕事に熱中しているときの顔がいちばん美しいといわれるのは、そのような邪念から免れているからである。それに人間というものは、こちらが考えているほど、こちらの容貌に注意を払っていないものである。

自分を尊重する

自分に友達のできないのは、口が重く、しゃべることが下手《へた》で、相手を引きつけたり、悦《よろこ》ばせたりできないからだと思っている人も少なくない。しかしこの種の人も、人間というものは、こちらの言うことなどをそんなに注意してきいているものではないと考えることによって、気持が楽にならないだろうか。何かすばらしいことを自分が言うと相手が期待していないだろうかと考えるために、ますます口が重くなる。だが、世のなかで、自分の言うことにいちばん耳を傾けているのは、ほかならぬ自分自身であることを知っておくのはむだではあるまい。何かつまらないことを言って笑われはしまいか、軽蔑《けいべつ》されはしまいかと心配するのは、相手が自分の言葉に耳をすませているだろうと思っている一種の自惚《うぬぼれ》である。こちらが不安と心配で胸をドキドキさせてしゃべっているときでも、相手は全然別のことを考えているばあいが多いのである。まさにアランの言う「対象のない恐怖」であって、そんなことにくよくよするのは全く意味のないことである。

「自分を虫けらだと思っている者は人に踏みにじられる」という格言がフランスにあるが、他人から尊重されるには、まず自分で自分を尊重することが第一である。われながらつまらないヤツだと思っている人間に、他人が敬意を払うはずがあるまい。自分は人に好かれない人間だと思っているかぎり、自分を好いてくれる人はないだろう。人間というものは、いつも友達を欲しそうにして、卑屈《ひくつ》な愛想笑いをしている人間よりも、孤高の態度をくずさない人間に対して、むしろ友情を求めたがるものである。無益な劣等感を棄《す》てるに越したことはない。

与える悦び

友達のできないことを嘆く人に次に問いたいことは、あなたは自分の周囲に何か冷たい空気をいつも流していないだろうかということである。私がこれまでくり返し書いてきたように、友情というものは、まずこちらから何かを、しかも何らの報酬《ほうしゅう》を期待することなしに与えることによって成り立つ。与えることが、無際限に与えること自体が悦びであるのが真の友情というものである。したがってわれわれはすべての人間と友達になることはできない。われわれの与えうるものには限度があるからである。そこに友人の選択が起るのであるが、自分の選んだ人で、その人のためには何を与えても惜しくないという友人をもつことは人生の至福ではないだろうか。

私が冷たい空気というのは、好きな人にはすべてを与えるというこの心意気の乏しいことを意味する。最初から与える気持の全然ない人に友達のできるはずがないが、たとえ与える気持があっても、その代償をひそかに期待するようでは、真の友情は結ばれない。人間は敏感であるから、報酬を期待して与えられる友情は、これを無意識のうちに見破って、警戒する。友達のできないことを嘆く人は、この種の、他人をして警戒せしめるものが自分にないかどうかを十分に反省してみる必要があろう。それと同時に注意すべきことは、他人から報酬を期待しない友情を与えられながら、それを素直に、心から悦んで受け入れることをしないで、これには何らかの目的があるのではないかと警戒することであろう。この種の警戒心もまた冷たい空気となって諸君をつつみ、友達をよせつけない。一般に、友達のないことを嘆く人には、この冷たい警戒心で無意識のうちに武装している人が多いように思われる。

私が何かを与えるというのは、もちろん物質的なものばかりを意味するのではない。生れつきさまざまの魅力を具《そな》えている人は、与えるものを多くもつ人である。問題は与えるものの乏しい人にある。自分は何を無償で人に与えることができるかを考えるとき、よき友達はおのずから作られるにちがいない。

よき隣人

今から三十年も昔のことである。私はパリからマドリッドへ行く汽車のなかで若いポルトガル人と知り合いになった。彼はどこかの商店のパリ出張員で、一年のうち半年だけパリに滞在するんだそうだが、パリほど住みよいところはない、それは同じアパートに住んでいても、向う三軒両隣りの人たちと全く関係なしでいることができる。彼らが何をして暮しているかについてこちらは全く無関心だし、彼らも自分の生活に少しも干渉《かんしょう》しない。しかしこれから帰ってゆく自分の町のポルトでは全くちがう。古くて小さい町だから、顔なじみの人間が多く、また人の口がうるさい、朝どこかの町《まち》角《かど》で若い娘さんと立話をすると、夕方には町中の人がそれを知っている、全く住みにくいところだ、と述懐した。

気づまりな隣人

私はことごとく同感して、それは自分の生れた町でも同じである。そこでは、隣人たちとは二代も三代も前からのつき合いであるから、彼らはおじいさんのお嫁さんはどこから来たか、またどんな極道《ごくどう》息子が生れて財産をすりへらしたか、三代目の長女はどこへお嫁入りをし、長男は大学を何度落第したか、というようなことを詳《くわ》しく知っている。それはこちらの側においても同じである。そのためにおたがいに金しばりにあっていて、息がつまるように暮しにくい、と話した。

同じことは、大都会と、地方の小都市、とくに農村についても言えるだろう。東京が私たちにとって住みよいのは、パリにおけると同じく、近所づき合いがうるさくないからである。戦争中は隣組というものがあって、おたがいにずいぶん気苦労が多かったが、戦後はそういう面倒なものからも解放されている。しかし地方の古い町や農村ではそうではあるまい。ポルトガルの青年が嘆いたようなことが、今でも依然として行われているのではないだろうか。いや、地方の古い町を持ち出すまでもない。この東京においても、戦後急にふえてきたアパートでは、近所づき合いがなかなか面倒であるらしい。主婦連中がおたがいに他人の私生活に興味を持ちすぎて、人事関係はもちろん、ひどいのになると、あすこの家では、コーヒー茶わんが幾つしかない、というようなことまで知っているおかみさんがいるそうである。私の友人の細君は、そのようなアパート生活の隣人たちの冷たい監視の目にノイローゼになり、物置小屋でもいいから、独立した家に住みたいといって亭主をかきくどいているという話をきいた。

遠い親類より、近い隣人、という言葉があるが、私たちの生活に隣人の占めている場所は意外に大きいのである。家庭のなかがどんなに明るく、平和で、幸福であり、またどんなによき先輩や友人に恵まれていても、悪い、心ない隣人のために朝から晩まで悩まされつづけていたら、その人の生活は決して幸福であるとはいえないだろう。逆に、よき隣人に恵まれたために、寂《さび》しい生活が、急に楽しく花やかなものになったという例も決して少なくはないのである。

津田画伯のこと

私はしばらく津田青楓《せいふう》*画伯を隣人にもったことがある。津田さんは大家で、私とは親子ほど年齢の差のある大先輩でもあるが、至って物腰の低く、柔らかな方で、私などとも分けへだてなくつき合って下さるので、暇があればお宅へ押しかけてお邪魔をしていた。漱石、寅彦《とらひこ》というような人たちについての思い出話も面白かったが、津田さんが絵をかいたり、字を書いたりされるのを横からながめているのがまたなかなか楽しかった。その上、お宅には、全国の画伯のファンから送られてきた珍しいお菓子や食べものがいろいろあって、それの御馳走《ごちそう》になるのも楽しみの一つだった。私は戦争中の味気のない生活を、このようなよき隣人をもったために、どれほど慰められたか分らない。いま思い出しても懐かしく、ありがたい毎日であった。

私は幸いにしていつもよき隣人に恵まれてきたので、そのために苦労したということがほとんどないが、悪い隣人の第一にあげるべきものは、近所の迷惑をかまわずに、絶えず騒音を立てている家であろう。ラジオ、楽器、放歌高吟《こうぎん》、畜犬、とくにラジオほど私たちを悩ますものはない。受験生を子供にもつ家庭や、私のように終日家にあって読書や執筆を仕事にする人間にとっては、朝から晩までラジオをかけっぱなしにしている人間には、殺意を感じるほど腹の立つことがある。

私は日本人というものは先天的に耳が悪いのではあるまいかという疑いをもっている。楽音と騒音、雑音との区別がつかないので、騒音に対して甚だ鈍感なのである。そのために、ラジオが大きな音を出してがなり立てていても平気でいられるのではないかと思う。しかしそれを聞かされるほうの迷惑は言語に絶する。

相手の生活を尊重

また豚や鶏をたくさん飼って周囲に悪臭《あくしゅう》をまき散らす人もよき隣人とはいえないで

あろう。この種のことを数え上げると、ほかにもまだいろいろあるだろうが、これを要するに、隣人としてのつき合いで何よりも注意しなければならないのは、隣人の生活をかき乱さないことだと思われる。騒音で悩ますことも、隣人の生活をかき乱すことの第一であるが、用もないのに、隣家の縁さきで話しこんで、近所隣りの人たちのうわさ（その多くは悪口にきまっている）をいろいろ並べたり、他人の家のなかをじろじろのぞきこんだり、他人の生活のことを立ち入って根掘り葉掘りたずねたりすることも、よき隣人たる資格を欠くことである。さきほど私は津田画伯の名をよき隣人としてあげたが、今にして思えば、用もないのに、こちらが退屈なばかりに、画伯の家にしげしげと足を運んだ私は、画伯にとってはきわめて迷惑な、悪い隣人であったことを反省するのである。

私たちはだれでも自分の生活の習慣をもっている。朝起きの時間、食事の時間、昼寝の時間、庭の草花に水をやる時間、家庭だんらんの時間、お茶の時間と、みなそれぞれ人によって違っている。こちらがお茶の時間でも相手にとっては昼寝の時間であるかも分らない。それを乱すことは、大げさにいえば相手の基本的人権を脅《おびや》かすことである。

いったい、ある人と偶然の機会から隣り合わせに住んだからといって、その人に向かって積極的に親愛の意を表わさなければならないものであろうか。私たちの日常生活はさまざまな人間とのつき合いで疲れ切っている。自分の家に帰ってさらに隣人とつき合うのは重い負担である。私は真によき隣人とは、隣人の存在することを相手に意識させない人だと思う。芭蕉《ばしょう》に「秋深き隣は何をする人ぞ」という名句があるが、平素はなんのつき合いもなくて、ときどき隣人にそのような懐かしい気持を起させる人が本当のよき隣人ではないかと思われる。

津田青楓 一八八〇―一九七八 画家、書家、随筆家、歌人。日本画は升川《ますかわ》友広、谷口香嶠《こうきょう》、洋画は浅井忠、鹿子木《かのこぎ》孟郎《たけしろう》、ジャン＝ポール・ローランスに学ぶ。夏目漱石に油絵を教え、『道草』『明暗』などの装幀を手がけた。山梨県の笛吹市青楓美術館に多くの作品が所蔵されている。

母親について

先年来日したフランスの小説家ジョルジュ・デュアメルに『フロランタン・プリュニエのバラード』という詩がある。第一次世界大戦のときの作品であるが、ここにフロランタン・プリュニエと呼ばれる青年がいる。彼は戦場で重傷を受けて入院し、生死の境をさまよっている。彼の老母はリンゴ十二個と新鮮なバタの入った小さな壺《つぼ》を入れた籠《かご》をかかえて、住みなれた田舎から病院にかけつけた。

献身的な愛情

それから二十日間、彼女は飲み食いを忘れて、番犬のように息子のベッドのそばにいつづけた。苦しむ息子のやせた手をにぎりしめながら、何一つ訴えないで。息子が「どうやら命をとられるらしい」と言うと、彼女は「わしが承知しないよ、お前が死ぬなんて」と答えた。

こんな風にして二十日間彼は持ちこたえた。ところが、ある朝のこと、不眠不休の二十日の疲れが出て、気の張りがいくらかゆるんだのか、彼女は息子の枕《まくら》もとで、一瞬間うとうととした。すると、そのあいだに、フロランタン・プリュニエは、老母の眠りをさまさないように、物音一つ立てずに死んでいった、というのである。この詩は名作として聞えているが、戦争中、私が教室でこの詩を講読していたとき、思わず涙がこみ上げてきて、学生にきまりの悪い思いをしたことを覚えている。

同じくフランスの小説家フランソワ・モーリヤックは、『娘の教育』というエッセーのなかで次のように書いている。「母親というものは、文字通り生きたまま食い尽《つ》され、一寸刻《きざ》みに殺されている。産褥《さんじょく》を離れるとまたすぐに懐妊する彼女たちは、その生涯を通じていかなる休息をも期待することができない。子供たちが次々にうつしてゆくあらゆる病気、何カ月も直らない中耳炎《ちゅうじえん》や百日咳《ひゃくにちぜき》。烈しい咳込みをみとりながら過す何日もの徹夜……われわれのなかで、天井に写る終夜灯の光の輪をじっと眺めた、また一つの手が私たちの髪の毛をかき上げて、燃えるような額の上にじっと当てられるのを感じた、また小さい匙《さじ》が茶碗《ちゃわん》に当って音を立てるのを聞いた、そのような熱病の夜の思い出を誰がもっていないだろうか。高い熱に浮かされている最中に、われわれは見事に防がれ、守られ、救われているのを感じたのだ。しかしわれわれを看護していたひとは、各瞬間に自分の生命を捧《ささ》げていてくれたのである」

母親の献身的な愛情について語られたこの種の文章の例を持ち出せば限りがあるまい。しかし私たちは、とくに生意気ざかりの年ごろには、母親の愛情をそれほどに思わず、むしろそれが負担に感じられて、それに反発したり、そこから解放されたいと願うのが普通である。「うるさいよ、分っているよ」と言って、母親のこまかい心づかい(もちろんそこには女らしい取り越し苦労がたくさん交っていることも本当だが)を、にべもなくはねつけた思い出は誰でも持っている。

反発する年ごろ

とりわけ男の子は、母親を異性として眺める思春期以後になると、母親の容貌や風《ふう》采《さい》が気になってくる。*扇谷《おうぎや》正造君の『母の思い出』を読むと、同君が二高の寄宿舎にいたころ、集団中毒が発生し、それを新聞で知った母堂が心配して、わざわざ訪ねてきたことがあった。しかし「ひっつめ髪の背をかがめ、いつもチョコチョコと小走りに歩く一老母にすぎない」母親の姿を、この息子は、「死を賭《と》しても」東京あたりから来ている生意気盛りの寮生《りょうせい》たちに見せたくないと思った。そこで追い返すようにして母堂に帰ってもらったが、「母がやっと門前のたたきの上で、駒下駄《こまげた》の音を響《ひび》かせた時、私は妙に気落ちし、その後で、理由の知れない涙がボトボトと落ちるのを意識した。その涙は、母をかわいそうと思う気持とそういう立場におかれた自分のみじめさとのいわば半々の気持であった」と扇谷君は書いている。私はこの正直な告白に感動したが、私たちは多かれ少なかれ、これと同じような残酷な仕打ちを母親に対して働いている。取り返しのつかない悪いことをしたと思って、後悔の涙にくれるのはずっと年が寄ってからである。しかしそのときにはすでに母親はこの世にいない。

私はすべての母親が没我《ぼつが》的で、その愛情は海のように深い、などとは決して思っていない。ことに近ごろのインテリ母親の母性愛には虚栄とエゴイズムの匂いがぷんぷんする。彼女たちには自分を殺して子供たちを生かそうとするのではなくて、子供によって自分を光らそうとする気配が濃厚である。こんな母親をもったら、さぞやり切れないだろうと子供に同情する場合が少なくない。もっとも、そういう気の強い母親に育てられた子供は猫のようにおとなしいのが普通であるが。

しかし考えてみると、子供に一目を置いて遠慮している母親も、子供のお尻《しり》を絶えず引っぱたいている母親も、要するに子供に頼りたいか、子供によって生きたい、という気持においては同じである。とくに、その子が男である場合には尚更《なおさら》である。わが国のように、女性が独立して生き難い国では、それは当然のことであろう。彼女たちは、父親のように、自分で働いて子供達を養ったり、幸福にしたりすることはできない。その代り、子供に愛情のサーヴィスをすることでは、父親は到底母親には敵《かな》わない。

不断の愛情で答える

私たちは誰でも経験のあることだが、子供の時分、夜中に急に気分が悪くなったとき、私たちはまず母親を起してそれを訴える。父親を起したりは決してしない。それは父親というものは、そんなときにはうるさがって起きないが、母親なら必ず起きてくれること、そして一生懸命に介抱《かいほう》してくれることを私たちは知っているからである。さきほどのモーリヤックの言葉にあるように、母についての懐しい思い出や感謝は、病気のときの記憶と結びついている場合が多い。私たちが精神的、肉体的に弱っているときに身にしみて感じられるのが母の愛情である。

私たちは母親のこの不断の愛情のサーヴィスにもっと感謝すべきである。それは毎日絶えまなく与えられているために、いつのまにかそれに慣れてしまい、さまで有り難いとは思わなくなっているが、母親から離れて暮してみると、急に自分の周囲に真空地帯ができたような、心もとない思いをするのである。この不断の愛情のサーヴィスに答えるには、こちらも不断の心がけが大切である。私たちは心のなかで、今に大きくなったらおふくろを喜ばしてやろう、どんなぜいたくでもさせてやろうと思っている。それも結構だが、それよりも日常生活で、もっと母親に親切であることが大切である。母親というものは遠い先で親孝行をして貰うよりも、毎日のささやかな親切を喜ぶものである。不断の愛情には不断の愛情をもって答えなければならぬ。親孝行というものは大げさなものではないはずである。

私が教室で 河盛好蔵は一九三一年より四三年まで立教大学でフランス語を教えていた。

フランソワ・モーリヤック François Mauriac 一八八五―一九七〇 フランスの作家。一九二六年、『愛の砂漠』でアカデミー・フランセーズ小説大賞受賞。著書に『テレーズ・デスケイルゥ』『イエスの生涯』『パリサイ女』等。五二年、ノーベル文学賞受賞。

扇谷正造 一九一三―九二 評論家、編集者、ジャーナリスト。一九四七年より「週刊朝日」の編集長として活躍。朝日新聞社学芸部長や論説委員を歴任。著書に『新聞の上手な読み方』『現代ジャーナリズム入門』『現代ビジネス金言集』『夜郎自大 現代新聞批判』等。

ガールフレンド

いつか檀*一雄君と北海道へ旅行したとき、札幌《さっぽろ》の北海道大学の構内を歩いていると、どこかの教室から男女合唱の美しい声がきこえてきた。檀君はそれをきいて、「今の学生は男女共学でいいなあ、僕らの中学生時代は、女学校の運動会を見に行ったというだけで停学になったものだ」と羨《うらや》ましがった。私も全く同感だった。私たちの学生時代には、ガールフレンドなどというものは考えることさえできなかった。したがって私にはガールフレンドとのつきあい方について発言する資格はないのであるが、この一章は欠かすことができないので、知り合いの若い娘さんたちから、ボーイフレンドに何を望むかということをいろいろきいて、それに私自身の考えを織りこんで、この一章を作ることにした。

静かな友情

まず最初にガールフレンドと恋人とを区別しておきたい。アベル・ボナール*の『友情論』（白水社刊、大塚幸男訳）という本を見ると、「男と女のあいだの友情は、何でもないものか、でなければ恋愛の感情の抑えられた、淡くなった、弱められた、いずれかである。無意識の表われか、もしくは初めからつつましく静かな恋愛の感情の表われか、いずれかである」と書かれている。また「男女のあいだにあっては、静かな友情は冷淡を根底としているものであり、動揺なき友情は恋愛を根底としているものである」という言葉もある。

私がここで問題にしたいのは、その「何でもない」つき合いのほうであり、「静かな友情」のほうである。男と女が友達になれば、必ず恋愛にまで発展することにきまっていたら、ガールフレンドの存在の余地がなくなってしまう。私たちは女性を恋愛の対象としないでつき合うことを学ばなければならぬ。

彼女たちの一人が言うことに、男の子というものは、少し親愛の意を表すると、すぐ相手が自分に気があるのではないかとうぬぼれてしまう。そして急に横柄《おうへい》になったり、わがままになったり、やきもちをやいたりする。どうして男同士のあいだのように、さっぱりとしたつき合いができないのだろうか、と。これは彼女たちすべてに共通した意見であるようだ。つまり彼女たちは、彼女たちが女性であることを意識しないでつき合ってほしいのである。服装やお化粧《けしょう》のことなどに細かく気がついて、あれこれと批評するような男の子はキザでたまらない、という意見もあった。

だが彼女たちが、どこまでも男の子なみに取り扱って貰いたがっているか、というと、どうやらそうではないらしい。絶えず女性であることを意識されるのは困るが、やっぱり要所要所では、こちらが女であることを忘れないでほしい、というのである。要所とは何か。それは私の考えでは、女性としての長所美点として彼女たちがひそかに誇りとしている個所ではないかと思う。服装やお化粧のことに、あれこれと女のように神経質になられるのはいやであろうが、それでいて、「君の好みはなかなかいいね」と言って貰うことは決して不愉快ではないのである。むしろ、それをひそかに待ち望むところさえある。ただ女は常に服装や化粧に細心の注意を払っていなければならぬと考えられることを拒否するのである。

遊び相手以上のもの

金銭の問題についていえば、彼女たちは、男の子からお茶や食事をおごってもらうことを決して喜ばない。勘定は必ず割り勘にしたい、ことに相手が親がかりのばあいは、なおさらだという。それは、物をもらったり、ごちそうになったりすることによって、気持の負担になることを避けたいからである。私たちの時代には、女に金を払わせることは、男の恥だと考えていた。しかし今の若い女性は、男に勘定を持ってもらうことは、女性の恥辱《ちじょく》であり、自尊心を傷つけるものと考えているのである。この心がけは大いに賞賛されてよい。男のほうも、この方が気が楽である。男と女と、どちらが虚栄心が強いかということは、なかなか簡単にはきめにくい問題であるが、男女のつき合いには、ともすれば相互の見栄《みえ》からくる嘘《うそ》がまじりやすい。しかし近ごろの若い男女のつき合いには、この種の見栄が次第に少なくなってきていることは、一つの進歩と考えてよいと思われる。

「若い娘が学ぶことを、若い男が教えることを愛する場合に結ばれる、青春時代の友情は一つの美しいことがらである」とは、ゲーテの『若きウェルテルの悩み』のなかにある有名な言葉であるが、世のガールフレンドは単なる遊び相手として自分が求められることを喜ばないだろう。彼女たちは、同性の友人のなかには見出《みいだ》しがたい知恵や知識を、男性の友人から学びたいと期待しているのだ。これは男性の側にあっても同じである。であればこそ、男女共学の意味があるのである。したがって、男の子は、ガールフレンドのこの要求に答えることができなければならない。いつ会っても、映画やジャズやベストセラーの小説の話しかできない男は、彼女たちから軽蔑《けいべつ》されるだろう。

対等のつき合い

これを要するに、彼女たちは、陽《ひ》の当る、明るい場所での対等のつき合いを強く望んでいる。相手は、こちらにとっては友達の一人であって、それ以上でもなければ以下でもない。女性であるという、ただそれだけの理由で、特別な関心をもたれることを好まない。一般に、相手を甘やかせたり、おだてたり、することは、相手を自分よりは一段と弱いもの、低いものと考えているからである。それでもかまわないから、適当に甘えさせてくれる方がよいという女性もたくさんあるかもしれない。そしてそのような女性のほうを喜ぶ男性が多いかもしれぬ。しかし、その種の男女のつき合いは、次第に明朗なものでなくなってゆくのが普通である。その結果、損をするのは、いつも女の側にきまっている。なぜなら、彼女たちは、相手に最初から心のなかを見すかされ、足もとを見られているからである。男の悪知恵は、その弱点を最も自分に都合のいい機会に捕えて、巧みに身をかわすのである。聡明《そうめい》な女性はその種の男の策略にだまされはしないだろう。それであればこそ最初から、対等のつき合いを求めるのである。

したがって、ガールフレンドだからといって決して甘やかす必要はない。女性に対するいたわりというものは、もちろん忘れてはならないが、それは女性の肉体的条件に対する配慮であって、重いものは、なるべく男の子が持ってやる方がよろしい、ということにすぎぬ。第一、女だから甘く見てもかまわないと考えることが大きな思いちがいである。そんなことを考えていると、こちらの方が甘く見られるだろう。ガールフレンドとのつき合いは、のぼせ上らずに「冷淡を根底としている」ほうが安全のようである。

檀一雄　一九一二―七六　作家、作詞家。一九五〇年、『真説石川五右衛門』などで直木賞受賞。著書に『リツ子・その愛』『リツ子・その死』『夕日と拳銃』『火宅の人』『檀流クッキング』等。没後、読売文学賞受賞。

アベル・ボナール　Abel Bonnard　一八八三―一九六八　フランスの詩人、随筆家、政治家。一九二四年、『シナにて』でアカデミー・フランセーズ文学大賞を受賞。

遠来の客

今回は話題を少し広げて、外国人とのつき合いについて話してみたい。ちょうどアジア競技大会で、たくさんの遠来の客が来日している折でもあるから。といって私は別に外国人とつき合いの多い方では決してない。実際はその反対なのである。しかし外国にいたときに、向うの人から受けたいろいろのあしらいについて、今でも忘れられないことがいろいろある。もちろん楽しい思い出ばかりではない。そういうことを頭に置いて、私見を述べてみたいと思う。

言葉の問題

われわれ日本人は外国人に対して決して無愛想な国民ではない。とくに白色人種に対しては親切すぎるぐらいである。日本にやってくる欧米の音楽家や芸能人が、日本ほどいい国はないと口をそろえていっていることからも、そのことが察せられる。先年の国際ペン大会に集まった外国の文学者たちも感謝感激して帰って行ったようである。親切なのはもちろん結構であるが、不必要に親切であるのは正しいつき合いの仕方ではあるまい。客商売でないかぎり、相手が外国人だからといって、同じ日本人にはめったに見せたことのないような愛敬《あいきょう》をふりまくことは、決して高級なことではない。

まず言葉の問題だが、われわれが外国へ旅行するときは、その国の言葉を少しでも学んでゆくのが礼儀というものである。しかし日本へ来る外国人は大てい日本語が全然分らないのが普通だから、われわれの方で外国語をしゃべらねばならぬ。これは先方に対するわれわれの大きなサーヴィスである。したがって向うには大いに感謝して貰《もら》わなければならないが、こちらの方で外国語が上手に話せないことを卑下《ひげ》する必要は少しもない。日本人が外国人と話しているのを見ていると、いつも目上の人とものを言っているようで、あまりいい格好でないと、たしか寺田寅彦がどこかで書いていたが、同感である。文明国の言葉を使わしてもらっていますというような卑屈な態度はやめたほうがよい。

もちろん同じ話すなら上手に話した方がいいにきまっているが、外国人とそっくりに話そうと一生懸命になることは、外国語の教師か外交官、もしくは通訳やセールスマンでないかぎり必要のないことだ。われわれが外国で、あまり日本語の上手な外国人に出会うと、感心する前に、うす気味が悪くなって警戒するものだが、同じことはわれわれに対してもいえるだろう。下手な外国語の方がかえって相手を安心させ、相手に親愛の情を呼び覚ますことが多いのである。その上、そんなことにあまりこだわらないでいると、こちらの態度もいじけてこない。われわれは外国語の会話に対してもっと大胆になるべきである。

対等のつき合い

外国を旅行している人間にとっては金は生命の次に大切なものである。したがって彼らは金銭に対してひどく神経質になる。その気持をわれわれは十分に察してやらなければならない。彼らにムダな、もしくは不当な金を使ったと思わせないようによく注意しなければならぬ。といって、こちらがいつもおごったり、立て替えてやったりしなければならぬというのでは毛頭ない。いつか岡本太郎君が、どこかのバーで若いフランス人と酒を飲んでいたが、そのフランス人が勘定《かんじょう》を払わずに帰ろうとするのを呼びとめて、「君の分を払ってゆき給え。われわれはパリでそうしていたではないか」と注意していたのには感心した。これが対等のつきあいというものである。

外国人に向かってもの欲しそうにするのも禁物である。終戦直後、子供たちがアメリカの兵隊のあとを追っかけてチョコレートをねだっていたのは、いたましい国辱《こくじょく》風景であったが、外国の運動選手にサインをしつこく求めたり、若い娘さんが外国人と交際したがって、それを一種の見栄にしたりすることも、それとあまりちがわないだろう。

外国にいると、だれでも寂しく、心細いのが普通である。彼らは過度に警戒心を働かせながら、あたたかい友情と、まごころのこもった親切を求めている。彼らにとっては、この人となら心から安心してつき合えるという友人を見つけることが何よりの願いなのである。したがって、われわれとしては、彼らを安心させることが第一である。それには、われわれが親しい友人に対していると同様にふるまっていればよいので、とくに外国人だからといって過度のサーヴィスをする必要はない。それでは永い本当のつきあいはできないだろう。

殺し文句

相手の外国人によって、彼らの国情や人情、風俗習慣に通じていることももちろん大切である。フランスの小説家ジャック・ド・ラックルテール*に、外国人に対しては「次のように話し給え」という戯文《ぎぶん》がある。それを個条書きに並べてみると、年配のイギリス人には、「イギリスの上院とアカデミー・フランセーズは文明の最後の城塞《じょうさい》です」

オックスフォード族の若いイギリス人には、「もし人々が戦争についてあんなに話さなかったら、戦争は決して起らなかったでしょうに」

アメリカ人には、（英語で）「酒ハ水ヨリモ濃シデス」

ベルギー人には、「お国へゆくとわれわれの国のいちばん上等の酒をみんなが飲んでいますね」

イタリア人には、「一度イタリアへ行くと、一生病みつきになります」

スペイン人には、「私たちが必ずしも常に理解し合うというわけにゆかないのは、あなた方はヨーロッパにおける最後の貴族だからです」

ポルトガル人には、「どうしてあなたはわれわれより上手にフランス語を話すことを覚えたのですか」

ノルウェー人には、「スエーデン人の悪口を少しばかり」

スエーデン人には、「ノルウェー人の悪口を少しばかり」

スイス人には、「お国の鉄道は世界で最も優秀です」

エジプト人には、（ただしトルコ人のいないところで）、「今では、正統な東洋文明を受けついでいるのはあなたがただけです」

ブラジル人には、「ブラジルはフランスをうんと拡大した国です」

アルゼンチン人には、「パリのシーズンは、あなたがたがパリにやってこなければ始まりません」

中国人には、「われわれがマージャンを勉強している間に、あなたがたがマルクスを勉強されたのは残念です」

つまり一種の殺し文句集であるが、われわれも相手の外国人によって、こんな殺し文句を言えるようになったら一人前であるが、なかなかそこまでは行けそうにない。

アジア競技大会　一九五八年五月、東京で行われた第三回大会を指す。六四年の東京オリンピック招致中で、この大会の運営の成否が五輪招致の判断の重要な要素となっていた。参加国・地域及び選手数は二〇カ国一六九二人。

ジャック・ド・ラックルテール　Jacques de Lacretelle 本書一六頁の「ラクルテル」と同一人物。

金銭について

新井白石の自伝『折りたく柴《しば》の記』のなかに、父についての思い出が誌《しる》されているが、そのなかに次のような記述が見られる。

貨と色と

「又教給《おしへたま》ひし事に、我十三の時に国をさりてよりは、つねに他人の中にして、ひととなりたり、されば、親しく言ひ語らひしものども多かりし中に、遂《つひ》にそのまじはりを全くせし事は、我つつしみし所ただ二つありき、いはゆる貨と色との二つ也《なり》。我年ごろ多くの人を見しに、をのをの生れ得る所の同じからねば、その人となれる所もまたをのをの同じからねど、かの二つの欲なき人のみ、かしこにありても、ここにありても、人にいとはるる事はなきもの也と仰《おほせ》られき。後にまた我師にてありし人も、ふるき人の申せし事あり、貨と色との二つによりて、怨《うらみ》を結びし事は、遂にとけぬもの也と申しき、心得べき事也と仰られき。わかきも老たるも、よくよくいましめ思ふべき事也」

つまり友人とのつき合いにおいて最も注意すべきものは女性と金銭の問題であって、それから生じた怨恨《えんこん》や憎悪は一生とけないものだというのである。このことは今日でも十分に心得ておくべきことであるから、その一つの金銭について考えてみたい。

アメリカの小説家で、芥川龍之介が愛読したといわれるアンブローズ・ビアース*の書いた『悪魔の辞典』という本を見ると、「金」のところに次のような説明が出ている。「それからへだてられた場合を除いては、われわれになんの利益ももたらさない財産。エレガントな社会における教養の証明であり、その旅券である。我慢のできる所有物」

大して気の利《き》いた定義ではないし、その上、正確ではない。金銭の有り難さは、貧乏になったときに身にしみて感じられるのは本当であるとしても、そうでない場合にも、金銭のもたらす利益は計り知ることができない。世のなかには、金銭で買えない幸福のあることは確実だが、金銭で買える幸福のほうがはるかに多いことも事実であろう。人間同士のつき合いでも金銭は大きな役割をもっている。

私たちが自分の親しい友人、久しくつき合っている友人について考えた場合、その友人から金銭上の迷惑をかけられたことも、またこちらからかけたこともないのに気がつくにちがいない。もちろん永いつき合いであるから、時として金銭上の助力を仰いだことはあるかもしれないが、必ず何らかの形でそれに対してこちらから報いているはずである。迷惑のかけっぱなしということはない。

金銭というものは持つ人によって単位を異にするもので、貧乏人にとっては一万円は大金であっても、金持にとっては端金《はしたがね》にすぎないだろう。したがって相手が金のある人間なら、多少の迷惑をかけても大したことはあるまいと人は考えがちだが、一万円の金は誰の手にあっても一万円の価値のあることを忘れてはいけない。そう思うと親しい仲だからといって、たとえ相手が金に不自由のない人間でも、心安く借金をしたり、またそれを踏み倒したりはできない筈《はず》である。

淡泊ということ

金銭に対して淡泊な人と、そうでない人とがある。金のある人間が必ずしも金銭に執着しないとは限らず、実際はその反対の場合が多いが、これは金持ほど人からたかられることを警戒する気持が強いからかもしれない。また金というものは、それに執着する人間のところに多く集まるためかもしれない。ところで一般に金銭に淡泊で、金ばなれのいい人はつき合いのいい人とされている。いつも取り巻きにかこまれているのもその種の人である。しかしそのような人でも、誰に対しても金ばなれがよいかというと、必ずしもそうでなく、友だちの前では太っ腹なところを見せても、自分の家族に対しては意外にケチな人が少なくない。つまり一種の虚栄心からの金ばなれのよさであって、そんな男にうっかり惚《ほ》れこんで結婚したりしたら、こんどは亭主のしみったれに泣かされるにちがいない。

しかし金銭に淡泊なということはやはり一種の美徳であるにはちがいない。それは金銭にとらわれないことだから。人前で金ばなれのいいところを見せようとすることは、実は絶えず金銭にとらわれていることであって、本当は金銭に淡泊なわけではないのである。そんな人に限って、落ち目になって取り巻きから相手にされなくなると、自分の売った恩のことを愚痴《ぐち》っぽくいいふらすのである。全く金銭に対して淡泊なことは世にもむつかしいことである。

私の知人に、ぜいたくやむだ使いを決してしない、いつもつましく暮している人がいる。しかしその人は、飲み屋などで、たまたま旧友と会い、その男が飲み屋のマダムから酒代のたまっていることでイヤ味をいわれているのを耳にしたりすると、「払えばいいんだろう」といって、すぐ立て替えてやるのを、度々私は見たことがある。彼自身、むかしそのような目にあって屈辱を感じたことを思い出すのかもしれない。

しかし私はいつも自分には真似《まね》のできない思いやりのある行為だと思って感心している。こういう人こそ真に金銭に淡泊な人というのであろう。

潤滑油《じゅんかつゆ》の役目

金銭のつきまとうつき合いは、ともすれば友情の破綻《はたん》を招きやすい。親しきなかにも礼儀ありということは金銭の場合にも適用さるべきであって、理由のない金は、たとえ一円でも、友人に迷惑をかけるべきではない。よく、「どうも僕は金銭にだらしがなくって」と、それを俗事にこだわらない愛すべき美点のように内心自負しているう人間がいるが、そういう人間に限って、他人の金銭に対してはひどくだらしがないが、自分の金に対しては人並以上に神経質であり、しみったれであるのが少なくない。金銭にだらしがないということは人間同士のつき合いでは最も大きな悪徳の一つである。

しかし人とつき合う上で、金銭が欠くことのできない潤滑油であることも本当である。現代では友情や好意の表現を金銭に頼らなければならぬ場合が実に多い。金銭にもとづく怨恨が一生涯解《と》けない場合のあることは事実であるが、人事のいざこざが、金銭によって簡単に片づくことの多いのも私たちの常に見聞するところである。また金銭は単にエレガントな社会だけではなく、あらゆる社会に通用するパスポートになっている。まことに先立つものは金である。どんな親しい仲でも、この潤滑油がなければ、そのつき合いはうまく運ばないだろう。私たちは金銭については、食べものについてと同じようにはっきりと発言したいものだ。「あなたはおなかが空《す》いていますか」「いいえ、昼飯を食べたばかりです」と答えるのと同じく、「一万円ちょっと貸してくれないか」「だめだ、いま使ったばかりだ」と答えて、どちらも後味の悪い思いをしないようになれば、まずスムーズなつき合いといえるのではあるまいか。

新井白石　一六五七（明暦三）—一七二五（享保一〇）江戸中期の旗本・政治家・朱子学者。六代将軍・徳川家宣の侍講として政権を掌握。正徳の治と呼ばれる政治改革をすすめた。著書に『藩翰譜《はんかんぷ》』『読史余論《とくしよろん》』『古史通』等。

アンブローズ・ビアース　Ambrose Gwinnett Bierce　一八四二—一九一三？　アメリカのジャーナリスト、作家。「ビアス」とも。著書に『いのちの半ばに』『怪奇な物語集』等。

旅の道づれ

旅は道づれ、と言われるが、モンテーニュはその『随想録』第三巻九章のなかで次のようなことを書いている。「君が道中で出あう偶然の道づれは、大部分愉快よりは不快を与えるものである。……堅固《けんご》な悟性《ごせい》をもち、君と性《しょう》の合った、一人の紳士が立現われて、喜んで君の道づれになってくれるなら、それは滅多にないことであるが、それこそはかり知られない満足を与える。わたしはわたしのすべての旅において、そのような人物にはまったくめぐりあわなかった。だがそういう道づれは、むしろ家を出るときからこれを選択し持っているべきである。どんな愉快なこともこれを分けあう相手がなくては、わたしにとって味気ない」（関根秀雄訳）

親しい仲でも

折角《せっかく》のモンテーニュの忠告であるが、家を出るときから旅の道づれを選択してつれてゆくということが、そもそも非常にむつかしいのである。この人なら、気ごころも何もかもすっかり分っているから、一緒に心置きなく、気楽に旅行できるだろうと思っていても、さて一たん旅に出ると、親しければ親しいだけに、お互いにわがままが出て、旅行の終りころには口もきかないということになりやすい。とくに外国を旅行するばあいによくあることである。

例えば同行二人のうち一人だけが外国語ができて、自由に話せるのに、他の一人が言葉が通じないというような場合には、自分だけが取り残されたような気になって、相手に対して理由のない反感を持つようになる。自分にはなんのことだかさっぱり分らないのに、自分の仲間が楽しげに談笑しているのを見たら、気持がいら立ってくるのは当然であろう。夫婦で外国旅行をしていると、必ず深刻な夫婦げんかをするものだと、ある人が話したが、それも大ていは、亭主だけが外国語がしゃべれて、細君には唖の旅行である場合が多いようである。

外国旅行に限らず、四、五日間一緒に旅をするような場合にも、朝から晩まで鼻をつき合わせていると、平生《へいぜい》のつき合いでは気のつかなかったことがいろいろと目についてくる。「へえ、この男には、こんなイヤな癖《くせ》があったのか」というようなことが、いくらでも起ってくる。それに、人間にはそれぞれ生活上の習慣というものがあって、それを相手にかき乱されると、最初のうちは我慢をしていても、次第にこらえきれなくなってくる。朝起きる時間ひとつにしても、自分の習慣より三十分早く起されただけでも、こん畜生《ちくしょう》と思うことがあるであろう。

いびきの問題も重大である。あるフランス人の書いた「なぜなぜづくし」という文章のなかに、「なぜ人のいびきは、こちらが一人の時は腹を立てさせるのに、数人でいる場合は笑わせるのだろうか」というのがあったが、同じ部屋、もしくは隣り合わせの部屋に寝て、こちらがよく眠れないのに、同行者が、高いびきをかいて寝ているのを見るほど腹立たしいものはない。文壇には高いびきをかくことで有名な人が少なくなく、ある人の如《ごと》きは、壁土がざらざら落ちるほど大きないびきをかくという伝説があるが、しかし他人のいびきについてとやかく文句をつけることは、その人の基本的人権を侵害することである。われわれは他人の睡眠を妨げる目的でいびきをかくわけでは毛頭ないからである。しかし旅の道づれには、いびきをかくかかぬというような些細《ささい》なことが、大きな意味をもってくるのである。

幾人がいいか

一緒に旅行するときは、二人よりも三人のほうがよい、という説がある。それは二人だと、一たん、仲が悪くなると、手のつけようがなくなるが、三人おれば、そのなかの一人が仲介に入ることができるから、最悪の事態に至らずにすむというのである。しかし一方では、三人旅は避けたほうがよいという説もある。それはそのなかの二人が親しくなって、他の一人がのけものにされる恐れがあるからだというのである。そうなると四人旅がいいことになるが、こんどは二人ずつ組になって対立する危険が生じるであろう。結局どこまで行っても果しがない。

人間の人柄《ひとがら》は、その人と一緒に旅行するといちばんよく分ると言われているが、それは本当であろう。自分を殺すことに最も慣れた人でも、二十四時間中のべつに自分を殺しているわけにはゆかない。人間が一日に示しうる忍耐の分量には限度がある。どうしても、本来の自分の姿を示さざるをえなくなる。人間同士のつき合いは、たとえ、どんなに遠慮のない仲であっても、常に一種の演技である。われわれが、時に烈しく孤独を求めるのは、この演技から免れたいからである。仮面をはずしたいからである。友人が、その仮面をはずすのを見ることができるのは一緒に共同生活をするか、旅に出たとき以外にはない。と同時に私たちも、かけ値のない裸の姿を相手に見られることを覚悟しなくてはならないだろう。いや覚悟するまでもない。好むと好まざるに拘《かかわ》らず、ありのままの自分がおのずから外に出るのである。

しかし出る以上は、うまく出したいものではないか。うまく出すなどというと、またもや演技をすることになりそうだが、実はその反対なのである。もう小細工《こざいく》などはしないで、ありのままを見てもらうのである。悪びれずに自分の欠点短所をさらけ出すのである。もしくは自分の生活上の習慣を相手に認めさせるのである。

わがままを尊重しあう

「あの男には、こんなイヤな癖があったのか」と、相手におどろかれても、今さらどうにもしようがないではないか。そのイヤな癖を相手に認めてもらって、その癖では自分も苦労しているのだということを分ってもらえば、こちらの気が楽になるし、相手もいら立たしさから救われるだろう。こちらがこんなに気にしているのに、なんという無神経なやつだろうと思われることを避けさえすればよいのである。

　しかしイヤな癖は相手にばかりあるのではない。こちらにも意識した、もしくは意識しないイヤな癖がたくさんあるはずである。しかも意識しないイヤな癖のほうが、意識した部分よりずっと多いのが普通である。一緒に旅行をしている間に、なぜ相手が急に自分に冷淡になったのか、よく分らないときが、しばしばあるものだが、そんなときは相手を咎《とが》める前に、自分の意識しない欠点について考えてみることが大切である。

私たちは常に何らかの解放を目的として旅行する。日常生活では求められない新しい刺激をねらって旅に出る。したがって、平素よりはお互いにわがままになっているのが普通である。このわがままをお互いに尊重し合わねばならぬ。でなければ旅行の楽しみは決してえられない。お互いに味わう自由と解放の喜びが私たちの友情をさらに深めるようにしたいものである。

悪友に手を出すな

私の中学生時代、亡父は私の友人の選択についてひどくやかましかった。それは、亡父の弟、つまり私の叔父に当る人が、悪い友だちのために身を誤って、世間に顔出しのできないようなことをしたために、わが子の交友関係について人一倍神経質だったからである。しかし妙なもので、私は父の目がねに適《かな》った品行方正、学業優等の友人よりも、不良性を帯びた同級生のほうに、強い魅力《みりょく》を感じていた。今になって見れば、そういう不良学生は、やっぱり終りを全うしていないようであるが、良い友だちよりも、悪い友だちに心をひかれる、ということはだれにも多かれ少なかれあることだと思われる。

二種類の友情

もともと友情というものは理屈ではゆかないものである。「友情には二種類ある。第一は、動物的に引かれる友情だ。相手に何らかの特異性や素質があるからというのではなくて、ただ引かれるのだ。『彼を愛す、故に彼はわが友なり。彼はわが友なり、故に我、彼を愛す』どうも理由はわからない。理由なんかもともとありはしない。世の中はとかく皮肉なものだから、つきあう値打のない相手に、そんな気持の起きることがありがちなのだ。こういう友情は、性が対象ではないにしろ、やはり恋愛と似たようなものだ。当然、恋愛の発生とその過程と、軌《き》を一にする。

第二の種類の友情は知的なものだ。新しく知った人の才知に引かれて起る。その人は、自分がよく知らぬ思想をもち、未知の人生を見ており、感動豊かな経験をもつ。しかしどんな泉にも底があり、その友人の話にもやがては底が見えてくる。この時がそんな友情の破局である」こんなことを*サマセット・モームが書いている。

私たちが悪友に対して抱く友情は恐らくこの第一の種類にぞくするであろう。

悪友というのは含蓄《がんちく》の深い言葉である。おたがいに欠点や弱点をさらけ出しあった友人について、「あの男は僕の悪友です」と親愛の情をこめていう。一種の共犯者である。共犯者というものは共通の敵に対しては固く結び合って身を守るから、その友情はいいかげんな良友に対するよりも、はるかに深く強いのが一般である。私たちは自分の長所や才能を正しく評価してくれる友人を心から求めるが、それと同時に自分の弱点を許してくれる友人、さらに進んでは自分と同じ弱点をもち同じ悪事を一緒に犯してくれる、いわば悪事の道づれをもひそかに求めるものである。

もちろん悪事にもピンからキリまであるが、いわゆる悪友と共犯関係にあるような悪事は高の知れたもので、せいぜい親や先生の目をごま化す程度である。人間は善いことはひとりでもできるが悪いことには仲間が多いほど心強いという弱さをもっている。消極的な良心と呼んでもいいかもしれない。したがって悪友を持たずにいられないということは、自分に欠点や弱点の多いことをよく知っており、しかも自分ひとりではそれを支えきれないので、同じ仲間と手をつなぎ合いたいという弱さ、意気地なさの現われであるが、これはまたきわめて人間的なことでもある。考えてみると、私たちが心置きなくつき合っている親友には、多かれ少なかれ、悪友の部分が含まれているのである。

恐《こわ》いもの見たさ

ところで私が問題にしたいのは、そういう悪友ではない。本質的に悪い友人である。こちらが被害を受けることは確実であっても、決して利益にはならない友人である。にも拘らず、私たちには、そのような悪友に引きつけられることがしばしば起るのである。そのために、身を滅ぼす人間の多いことは、私たちが日常しばしば見聞するところである。

俗に「恐いもの見たさ」ということがいわれるが、人間にはだれでも、悪に対するあこがれや興味があるものである。大盗賊が大衆に人気があったり、悪人を主人公にした小説が愛読されたりする理由であるが、自分にはとてもできないことを堂々とやってのける人間に対する敬意のまざった興味である。私たちはこの種の小説を読みながら、頭のなかで、主人公と共にさまざまの悪事を犯して、悪に対する興味を満足させることができる。その上、ありがたいことには小説で読むだけなら、どんなに頭のなかで悪事を犯しても、こちらが傷つくようなことは少しもない。

不良とかやくざとか呼ばれている人間に対してわれわれが近づきたい気持を起すのは、同じく悪に対する興味である。自分の知らない危険な世界に接してスリルを味わいたい欲求である。もちろん、そのためにこちらが傷ついたり、堕落《だらく》したりすることがあろうなどとは、少しも考えていない。否、その反対である。自分なら、どんな不良とつき合っても大丈夫だという自信を持っている。さらに進んでは、不良がかった真似をして、一層スリルを楽しんでいる。そして、不良ややくざの仲間には一種の仁義があって、なかなか感心なものだとか、不良にだっていいところはたくさんあるよなどといって、いっぱし、わけ知りのような顔をしている。まるで、お前たち善良な人間は平凡で退屈でつまらないと、いわんばかりである。

危険な火遊び

しかしこれほど危険な火遊びはないのであって、悪に対して強い抵抗力をもっているという自信が、そもそもまちがいのもとである。不良ややくざに興味があるということは、自分のなかに不良ややくざの分子があることにほかならない。もちろん大ていの人間は、心のなかにその種の分子を多量にもっている。しかし、他人と、自分をくらべてみてこの程度なら大したことがないと考え、他人の悪事を見てそれに同感できるような顔をして、友人顔をすることほど軽薄なことがあるだろうか。心のなかでは相手を否定し、まさかのときにはすばやく逃げ出して身をかわす用意を常にしながら、ただ卑《いや》しい興味だけで相手とつき合っているのである。これは、いかに相手が不良ややくざであっても、その人間に対する大きな侮辱《ぶじょく》である。

悪人が尊重されるのは、彼自身の悪い性格について、彼の犯したさまざまの悪事について、さんざんに悩み苦しみ、そこから立ち直ろうとする血の出るような努力が払われる場合にかぎられている。そういう悪の苦しみや悩みに少しもあずかることなしに、ただ興味だけで、自分には悪人の気持も分るなどと考えている人間は、世にも浅薄な人間ということができよう。

くり返していえば、私たちのなかには、不良になり、やくざになる分子が多かれ少なかれ含まれている。これは危険な分子である。それを得意になってもてあそんでいると、いつのまにか手に負えなくなる。そのときは最初は否定しながらつき合っていた悪友が、すでに手を切ることのできない共犯者となっている。友は選ぶべし。悪友に手を出してはいけない。

サマセット・モーム Somerset Maugham 一八七四—一九六五 イギリスの作家、戯曲家。元工作員。代表的長編に『人間の絆《きずな》』『月と六ペンス』『女ごころ』等が、工作員の体験に着想を得た小説に『英国諜報員 アシェンデン』、短編集に『ジゴロとジゴレット モーム傑作選』等がある。

約束について

約束を守る人か、そうでない人か、ということは、人間の価値判断の重要な基準になる。男子は、然諾《ぜんだく》を重んじる、といわれるが、一たんよしと引き受けたことは、必ず実行するのでなければ、信用ある人間とはいわれない。しかし、いうは易《やす》しで、あくまでも約束を守るということは、なかなかむつかしいことである。

拒絶の一形式

アンドレ・プレヴォーというフランスのユーモリストの書いた本に『楽天家用小辞典』というのがある。いろいろの単語をあげて、それに著者独特の定義を与えたもので、例えば「ビフテキ＝食べられるチュウインガム」「あくび＝ひとりでいる時にあくびをするのは自己自身に対する礼節の欠如《けつじょ》である」といった類《たぐい》であるが、「約束」というところには次のような定義が出ている。

「選挙のときに使われる小銭。

漠然とした約束は拒絶の最も丁寧《ていねい》な形式である。
決して約束を守らない人間に対してあまり厳格であってはならない。彼らは希望の種をまく人々であるから」

たしかに私たちは、相手を喜ばせたいために、あまり自信のない約束をすることがしばしばある。自分のことを告白すれば、私は久しく、ある私立大学の教師をしていたことがあった。もとより下っ端《したっぱ》の一教師にすぎないのであるが、世間では教授といえばだれでも、その学校で相当の権力があるものと誤解して、毎年入学試験の季節になると、子供が受験するから便宜をはかってくれと頼みにくる人が少なくなかった。久しく会わない友人で、突然電話をかけてくるのは、必ずその依頼で、また全然未知の人で、友人を通じて頼みにくる人も二、三にとどまらなかった。もちろん私は、自分にはその種の実力の全くないことをいって、固く断るのを建前にしていたが、ときどきは、どうしても断り切れない場合がある。そんなときは、心にもなく、自分にできるだけのことはしましょうと約束するが、もとより、なにもできないことが明瞭《めいりょう》なのだから、意識して相手を欺《あざむ》いていることになる。その心苦しさというものはない。

そのとき私は心のなかでいつも次のように言いわけをする。「どうか悪く思わないでほしい。あなたを喜ばせたいばかりに心にもないことを約束したのだから。しかし、たとえでたらめの約束であっても、そのためにあなたの息子さんが安心感を抱《いだ》いて受験することができれば、それだけでもう十分ではないか」

クレマンソーの約束

人によっては、「なんたる誠意のなさ！」と腹を立てる向きもあるかもしれないが、そういう人でも、ときどき、情にほだされて、つい心にもない約束をした覚えがなかったかどうかを反省してみる必要があろう。クレマンソー*が首相になったとき、ある代議士の細君が深夜ひそかにやってきて、どうかうちの亭主をぜひ大臣にしてやって下さいと涙を流さんばかりにして嘆願した。クレマンソーは、「いいとも、引き受けた」と簡単に約束したが、さて閣僚《かくりょう》の顔ぶれが発表されると、その亭主の名がどこにもない。そこで細君がひどく腹を立ててクレマンソーのところにねじこむと、彼は「しかしあの晩はお二人でずいぶん仲好くされたでしょう。それでたくさんじゃありませんか」と涼しい顔をして答えたそうである。さきほどのプレヴォーの言葉にあるように、彼女はクレマンソーが約束を守らなかったことをきびしくとがめる前に、むしろ希望の種《たね》をまいてくれたことを感謝すべきであったのであろう。

約束を守らないことは、もとより悪徳の一つである。しかし世のなかには、とても約束できないような虫のいいことを、人に向かってむりやりに約束させようとする連中がどっさりいることも事実である。そんなときには、にべもなく断るのも一つの手であるが、拒絶の最も丁寧な形式である、漠然たる約束をするのも窮余《きゅうよ》の一策である。その方がスムーズに事が運ぶ場合が多いかもしれない。もし相手がバカでなければ、自分の要求の過大であったことを反省して、漠然たる約束に相手の好意と友情を感じるに相違ないから。しかし、もし相手が反省しないとしたら？　やむをえない、バカにつける薬はないというから。

ところが世のなかには、相手が別段に要求もしないのに、相手の喜びそうなことをいろいろと約束して、希望の種をまく人間がいるものである。天下の名士は全部自分の親友であるような顔をして、「あの男とは心安くしているから」といってなんでも安請《やすう》け合いをしたり、むやみに紹介状を書いたりする軽薄漢で、すぐ馬脚《ばきゃく》を現わすものだが、新しい被害者が後をたたず、最も罪の深い連中である。

無用の約束をするな

名前を忘れたが、ある実業家か政治家で、人からものを頼まれても決して引き受けたり、約束したりはしないが、頼まれたことはよく覚えていて、ひそかに骨を折り、当人の知らないうちに、その願い事を実現させてくれるので、人々から心服されている人があるという話をきいたことがある。まことに心にくい人で、そういう人こそ真に頼みがいのある人というべきであろう。もちろんその人とて万能ではないから、自分の力でできないことはたくさんあるにちがいない。しかしその場合には、だまっていればそれですむので、相手に失望を与えたり、信頼感を失わせたりすることがない。できにくいことではあるが、お手本にしたいことである。

それにしても、人と何か約束をするということは、気の重いことである。たとえ、恋人とのデートの約束であっても、実際に相手の顔を見るまでは、いろいろと気のもめることは、だれにも覚えのあることであろう。親しい友人と偶然に顔を合わせて、それからそれへと遊びまわる楽しさは、予《あらかじ》め時日を打ち合わせて会合するときよりもはるかに楽しいことが多いのは、約束による心の負担から免れているからである。楽しかるべき会合であっても、予め約束された場合には、その会合を楽しくしなければならないという強迫(?)観念のために、顔を合わせる前にくたびれてしまう。まして何かの責任を果さなければならない約束は、絶えず気にかかって、たしかに精神の衛生によろしくない。

何事も約束しない生活、それが一番の理想である。そして、その理想に近づくには、まずこちらで人に約束を無理強《じ》いしないことが第一である。それでなくともわれわれは、止《や》むをえない約束で毎日の生活を縛られているのである。この上、おたがいに無用の約束を重ねることは、人生をますます窮屈にすることである。長生きをしたい人は、あまり約束をしてはいけない。

クレマンソー　ジョルジュ・バンジャマン・クレマンソー　Georges Benjamin Clemenceau　一八四一―一九二九　フランスの政治家、ジャーナリスト。第一次世界大戦中に首相を務め、フランスを勝利に導いた。

エスプリとユーモア

人間同士のつき合いは、いつも春風駘蕩《たいとう》というわけにはゆかない。ことに日本人のように緊張度《きんちょうど》の強い国民は、ともすれば殺気だってくる。それをゆるめるのが機知とかユーモアとか呼ばれるものであるが、この二つは、それぞれちがっている。

金曜日の結婚

例をあげてみよう。アカデミー・フランセーズで、あるとき、会員から頭割りに義《ぎ》捐金《えんきん》を集めたことがあった。締切って勘定してみると、三十七人が六フラン銀貨を一枚ずつ醵金《きょきん》したはずなのに、銀貨は三十六枚しかない。ところが会員のなかに吝嗇《りんしょく》をもって天下に鳴りひびいている男がいたので、みんなの視線は一せいにその男の方にそそがれた。しかしその会員は、「僕はたしかに醵金したよ」とがんばって、一歩も引かない。そこで金を集めて歩いた会員は、「あの人が醵金するのを私は見なかったが、しかし信じることにするよ」とつぶやいて不承不承納得したが、一座の空気がすっかり白けてしまった。するとフォントネルが大きな声で叫んだ。「僕はあの人が醵金するのを確かに見たよ。しかしどうも信じられん」そこで一座の緊張がほぐれて、みんながホッとした、というのである。

この場合、その吝嗇な会員が醵金しなかったことを、だれもが口に出して言いたかったのであるが、それをはっきり言うことは、その会員を傷つけることになる。フォントネルは、言い方をちょっと変えただけで、一座の人々の気持を代弁したのである。その吝嗇な会員は、心のなかで、「こん畜生！」と思ったかもしれないが、怒るわけにはゆかない。こういうのを機知（フランス語でいうエスプリ）と呼ぶのである。フランス人の最も得意とするやつで、人の意表に出て言いたいことを全部言うのである。

もう一つ例をあげると、ある人がバーナード・ショー*に、「金曜日に結婚すると不幸が起るというのは本当ですか」ときくと、彼は、「もちろんですとも。どうして金曜日だけ例外であることができましょう」と答えたという話がある。この場合は、話題の中心が、金曜日から結婚そのものに移し変えられたわけで、アクセントの置き方で話の内容ががらりと変ったのである。

こんな例をあげるときりがないが、エスプリとは、相手の武器を逆に取って、相手をからかったり、やっつけたりする、一種の自己防御ということができよう。これは相当頭の鋭い人でなければできないことで、下手にやると相手を傷つける場合が少なくない。

しかしユーモア、とくにイギリス風のユーモアはその全く反対といってよかろう。＊サミュエル・バトラーは、「人間に向かって、彼のバカらしさを示すに足るだけ十分に鋭くされたユーモアの感覚は人間をあらゆる過失から救うであろう」と書いているが、ユーモアの本質は、人間の愚《おろ》かさ、バカらしさを、自分自身を材料にして笑う点にある。もしエスプリが、「お前はでくの棒だ」ということにあるとしたら、ユーモアは、「おれはでくの棒だ」ということにあるといえよう。

勇気と知恵

ここにひどく自尊心の強い男がいるとする。彼は自分がこの世のなかの中心であり、一切のことが、彼を中心にして動いているように思いこんでいる。しかし他人の目から見れば決してそうではない。その場合、その男が他人の目にどんな風に写っているかを見せてやりたいと思うのは、だれしもの抑えがたい欲求であろう。そのときその男に向かって「お前はバカで滑稽《こっけい》だよ」と言う代りに、自分自身を材料にして、その男が他人の目にどんな風に写っているかを見せて、思い知らせてやるのがユーモアというものである。

したがって、ユーモアを解する人、ユーモアの感覚をもっている人とは、他人が自分を眺めているのと同じ目で、自分を眺めることのできる勇気と知恵をもっている人ということができよう。

「適切な時に、みんなが彼自身について言いたく思っていることを、自分の口から言うことのできる人間は、不意に一座の空気をより軽く、より呼吸しやすいものにする。彼のまわりの人々は微笑し、上機嫌《じょうきげん》になる。偉大なユーモリストは、セルヴァンテスでもモリエールでもフロベールでもメレディスでも、すべて自己自身を嘲笑《ちょうしょう》した人々であった」とアンドレ・モーロワが書いている。

したがってユーモアのある人は、謙遜《けんそん》で、勇気のある人である。イギリス人が戦争中でも、決してユーモアを失わなかったことは多くの人々の語るところであるが、例えばこんな話がある。

こんどの戦争の初期に、ロンドンが猛烈な爆撃を受けていたとき、ある大きなデパートの一部が爆破されたことがあった。すると、その翌日、デパートの入口に大きなポスターが張られ、「本日より入口を拡張仕《つかまつ》り候《そうろう》」と書かれてあったということである。また、ある兵隊が戦線で突撃の命令を受けたとき、かたわらの戦友に向かって、

「第一列目の座席にお直りの方は六ペンス頂きます」とささやいたという話もある。*

自己を客観する眼

自己自身を客観視して、それを辛辣《しんらつ》にからかい、批判できるためには、強い自信をもっていなければならない。イギリス人が、彼らのことを痛烈に風刺した外国人の書物を歓迎するのは、その自信の現われということができよう。日本人が外国における評判に神経質で、何事によらず、すぐ「こちらが悪いんです」とあやまるのといい対照である。この精神が裏返しになると、戦争中のように、なんでも非は敵国にあるようになる。ともにユーモアに乏しいということになろうか。

人とつき合う上で、日本人に欲しいのは、エスプリよりもユーモアであるように思われる。機知縦横で、他人の悪口に巧妙で、世相について毒舌《どくぜつ》を弄《ろう》する人は日本人のなかにも決して乏しくない。しかし彼らの毒舌は妙に人の心を冷たくする。他人の欠陥を突く目は実に鋭いが、自分自身に対してはひどく点が甘いから、聞いているうちに、本人の根性のケチ臭《くさ》さがだんだん見えすいてきて浅ましくなってくる。もともと風刺というものは、われわれに圧迫感を与える強力な存在に向けられるものであり、またそれであればこそ意味があるのであるが、徒《いたず》らに自分だけを偉く見せようとする頭のよさは、エスプリにしても、あまり高級なエスプリとはいえないだろう。たしかに日本人には自己を他人の目で眺めることのできる感覚に乏しい。われわれのユーモアは、「言葉でひとの精神をくすぐる技術」以上には出ていない。他人の愚かさを笑う前に、まず自分の愚かさを笑うことから始めたら、われわれのつき合いは、もっとなごやかなものになるにちがいない。

バーナード・ショー George Bernard Shaw 一八五六―一九五〇 イギリスの戯曲家、評論家、政治家、ジャーナリスト。代表的な劇作に「シーザーとクレオパトラ」「ピグマリオン」「聖女ジョウン」等。一九二五年、ノーベル文学賞受賞。

サミュエル・バトラー Samuel Butler 一八三五―一九〇二 イギリスの作家。著書に『エレホン――山脈を越えて』『万人の道』等。

「第一列目の座席にお直りの方は六ペンス頂きます」 当時のイギリスのストリップ劇場では最前列に移るのに六ペンス追加でかかったという説がある。

喧嘩《けんか》について

なにかといえば、すぐ喧嘩をする人と、めったに人と争わないが、腹の立つことがあったら、いつまでも根に持っている人と、どちらがつき合いいいだろうか。私なら、文句なしに前者をあげる。それは私自身が短気で、すぐ腹を立てる単純な人間であるせいもあるが、喧嘩というものは勝っても負けても、後味のよくないもので、それを承知しながら、思わず喧嘩をするというのは、根がお人よしにきまっているからである。

金持ち喧嘩せず

それにくらべると、何をいわれても、どこ吹く風とうそぶいている人間は相当のしたたか者であって、私などの真似《まね》たい境地であるが、生れ変りでもしなければ、とても及びつきそうにない。ずいぶん以前のことであるが、コメディ・フランセーズへ芝居を見に行ったとき、プログラムを売っている中年の男をつかまえて、一人の紳士が大声をあげて、どなりつけているのを見たことがある。よほど腹の立つことがあると見えて口をきわめて罵《ののし》るのであるが、くだんのプログラム売りは、柳に風と受け流して「ウイ・ムッシュー」をくり返すだけである。その態度がいかにも小憎らしくて、私は紳士の方に大いに同情したが、この勝負は、だれの目から見ても紳士の負けであった。

ホテルなどでは、従業員に向かって、「お客のいうことは常に正しい」という道徳を教えこんでいるそうだが、これは客の人格を尊重しているためではもとよりなく、客と争ったら結局こちらの損になるから、相手をデクの棒と考えて、どんなことがあっても腹を立てるなというにすぎない。つまり「金持ち喧嘩せず」のたぐいである。したがって、宿屋や料亭で、女中を叱《しか》りとばしていい気になっているなどは、愚《ぐ》の骨頂で、相手は横を向いて舌を出しているだろう。

人と争うなら、自分と対等、もしくはそれ以上の人間を相手にすべきである。弱い者に喧嘩を吹きかけて、それに勝っても決して自慢にならない。

ところで、だれにも覚えのあることだが、喧嘩をして気持がすっとした場合と、いつまでも後味の悪い場合とがある。勝負の如何《いかん》にかかわらない。ぺしゃんこにやっつけられても、すがすがしい思いをすることもあれば、だれが見ても、こちらの勝ちであっても、妙に心が滅入《めい》るときがある。喧嘩にもやり方があるので、同じやるなら、気持よく喧嘩をしたいものではないか。

＊永井荷風の随筆集『紅茶の後』の序文に次のようなことが書かれている。「夏の朝風に刺青《ほりもの》を吹かせ、日本橋の真中で喧嘩するの快感は、決して相手を無二無三に傷《きず》つけ害する事のみを必要としない。相手のものが心から恐れ入ったか否かを知る事よりも、先《ま》ず第一に自分の心がすっきりと好心持になり、次で急用を忘れて立留る見物人の方様へも、いささか面白い思いをさせることが必要なのである。喧嘩の相手と原因の何《いず》れが正しきか否かを問うが如《ごと》きはけだし最後の最後である」

逃げ路《みち》をあけておく

これは気持よくけんかをするための要諦《ようてい》を述べたものである。われわれが人と争う原因は、つきつめてみれば、大ていは些細《ささい》なことである。愚にもつかないことに誤解が重なり合って、お互いに不倶戴天《ふぐたいてん》の敵のように憎み合っているのが普通である。どのような争いでも、片方が百パーセントに正しいというようなことはまずありえない。当人がそう思いこんでいるだけで、また、そう思いこまなければ喧嘩もできない筈《はず》である。大体、われわれの信念と称するものがあいまいなもので、その大部分は真剣になって吟味《ぎんみ》したことのないものである。にもかかわらず、それが攻撃されると、急に、一身をぎせいにして、それを擁護《ようご》しなければならぬという気になる。一種の虚栄心で、少しく冷静になれば、そのバカバカしさに気がつく種類のものである。

のみならず、人間は議論によって説得されると考えることが、そもそもおかしいのである。相手をぐうの音も出ないほど論破《ろんぱ》しても相手が説得されたとは限らない。むしろその反対の場合の方が多いのである。してみれば、相手をそこまで追いつめないで、いいかげんのところで引き返した方が、相手に深い怨《うら》みを買わないだけでも戦術としてはすぐれていることになる。人と喧嘩をしたときには、どこかに逃げ路をあけておいてやることが必要だというのは、賢い忠告だと思われる。

喧嘩というものは自分本位にやるべきもので、いいたいことをいって、こちらの溜《りゅう》飲《いん》が下がれば、それで最上としなければならない。勝ち負けにこだわる必要がない。あくまでも勝敗を決しようとすると、争いが深刻になり、相手の怨みを買うことになるのである。

また、喧嘩をするときには相手を選ばなければならぬ。逆説を弄するようであるが、信用のできる相手、好意をもてる相手とでなければ喧嘩をしないほうがよい。相手からさんざんやっつけられても、そのときはくやしいと思っても、あとから懐しくなるような相手と喧嘩をすべきである。

こちらが軽蔑《けいべつ》し切っている人間と争っても、ますますいやな気持になるだけで、負ければもちろん不愉快だし、勝っても少しも楽しくはないだろう。売られた喧嘩は買わなくてはならないかもしれないが、最初から全然相手にしないのは、一層相手をはずかしめることになるであろう。

雨降って地固まる

私たちは何かの目的があって人と争うのであるが、喧嘩をしているうちに、肝心の目的はどこかへ行ってしまって、喧嘩のために喧嘩をする結果になりやすい。学問的論争のような、真理の究明を目標とする争いでも、いつのまにか論争者の感情がからんで、人身攻撃になりやすいものであるから、最初から感情問題に出発している争いは、永びけば永びくほど泥仕合になる傾きがある。そうなると、喧嘩のもつ爽快《そうかい》な部分が全く失われて、第三者の目から見ても、見苦しい。こんなときにはだれか双方に親しい者が、仲裁に入ってやるべきだが、それよりも当人同士がそのバカバカしさに早く気がつくべきである。そのためには、どちらも、心のなかでは、相手を買っていることが必要で、お互いに認め合っている同士の間なら、どんなに派手に喧嘩をしても悪い結果を来たすことは決してない。むしろ、雨降って地固まるで、かえっていい結果をもたらすことになるだろう。

こういう風に考えると、喧嘩もつき合いの一つということになる。たしかにそうであって、時と場合によって、猛烈な喧嘩のできないようなつき合いは、本当の水魚の交わりということはできないだろう。なぜなら、人と争うのは、自分の主張を通そうというより、相手のやり方が気に入らない、自分の理想に合わないという場合の方が多いのであるから。

永井荷風　一八七九—一九五九　作家。著書に『あめりか物語』『ふらんす物語』『すみだ川』『腕くらべ』『濹東綺譚《ぼくとうきたん》』『断腸亭日乗《だんちょうていにちじょう》』等。

私の「人とつき合う法」はこれをもって終るので、長い間、紙上で忍耐強くつき合って下すった読者のかたがたに、結びの言葉として「紙上でのつき合い」について話したい。

紙上でのつき合い

ロランとトルストイ

『ジャン・クリストフ』の作者ロマン・ロラン*は、二十二歳のとき、当時ヨーロッパの若い誠実な知識人から、生ける真理の権化《ごんげ》として崇拝されていたレフ・トルストイ*に長い手紙を書いたことがあった。それはトルストイが『われら何をなすべきか』と題する小冊子のなかで、ロランが神の如《ごと》く尊敬していたベートーベンを肉欲への誘惑者と呼んで手ひどい批判を加えていたのを読んで、烈《はげ》しい疑問にとらえられたからである。しかしロランは、トルストイが彼のような未知の青年に対して返事をくれるなどという奇跡はもとより期待していなかった。しかるに、このヤスナヤ・ポリャーナの巨人は、三十八ページにわたる懇切《こんせつ》をきわめた長い手紙をロランに書いてよこしたのである。

このことは若きロランを非常に感激させた。爾来《じらい》、他人から良心の救いを求められたとき、それに答えるのは芸術家の第一の道徳的義務であると確信したロランは、たとい、彼自身の仕事に押しつぶされそうになっているときでも、良心の悩みを訴えた読者の手紙には必ず答えたということである。それは世界中の有名無名の人々に送られたロランの手紙が、おびただしい量に達していることからも証明される。

このロランの態度はほとんど神業《かみわざ》に近いといってよかろう。およそ公けの刊行物にものを書く人間で、未知の読者から手紙をもらった経験のない人はあるまい。その人の名声が高ければ高いほど、送られてくる手紙の数も多くなる。しかし、それに対して、自分の仕事を差し置いて、一々丁寧に返事を書く人は何人あるだろうか。私などは、そんなに読者から手紙を多くもらう方ではないが、それでも、よほどの場合でなければ返事を書いたことはない。友人の文筆家の諸君にきいてみても、大ていは私と似たり寄ったりである。それどころか、読者から来た手紙には、うかつに答えるべきではない。そのために、どんな迷惑がかかるか分らないからと忠告してくれた人さえある。

読者の手紙に答えないのは、もらう側の筆不精《ふでぶしょう》のせいもあるが、なかには、どんな風に答えてよいのか見当もつかない手紙が少なくないからである。例えば次のような身の上相談にはどう言って答えればいいのだろうか。

「あたしは十八歳の女です。あたしは美人で、そのうえ、どんなおしゃれでもできます。それは四十二になるG…というお金持ちと同棲《どうせい》しているからです。しかし困ったことにあたしはM…の方がずっと好きになってしまいました。M…はとても美男子なんですけれど目下失業中なのです。それでも思い切ってG…と別れてM…と一緒になろうとしたときに、あたしが本当に愛していたのは若い俳優のH…であったことに気がつきました。もしあたしがG…と別れたらすぐ一文なしになってしまいます。またあたしはM…と手を切る勇気もありません。そんなことをしたら彼に殺されるかもしれないからです。一体あたしはどうすればいいのでしょうか。——運命にもてあそばれた哀れな女より」

ロマン・ロランはまさかこんな手紙をもらったことはあるまい。

打ちあけたい欲求

ある人の説によれば、人間というものは心に鬱積《うっせき》することがあると、それをだれかに向かって洗いざらい打ちあけたい欲求を感じるものである。それが一つの療法《りょうほう》になる。したがって相手は打ちあけるだけで、気持が軽くなるのであって、その返事をもらおうなどとはもとより思っていない。もしかすればだれに手紙を書いたかも覚えていないかもしれない。したがって、ただ手紙をもらっておけばよいので、返事のことを心配する必要は少しもないのだと。

それはともかく、読者からの手紙は、もちろん、ものを書く人間を喜ばせ、励ますことも多いが、反対に困らせ、悩ます場合も少なくないのである。「文は人なり」と言われるように、作者の人柄は作品のなかに必ず現われるものであるが、しかしそれは複雑な径路を経て現われるものであるから、文章の表面に現われたことだけから、作者の人間を想像すると、とんでもない勘ちがいをすることになる。辛《しん》らつな毒舌家が、見るからに人のよさそうなやさしい人であったり、いつも悩める者の心の友のようなことを書いている人が実際は冷酷《れいこく》無情の人間であったりすることは決して稀《めず》らしいことではない。だからといって、その人の書くものが嘘《うそ》八百であるとは決していうことはできないのである。とくに文学作品はそうであって、小説の主人公を作者自身と考えるほど愚かしいことはない。したがって愛読する小説家は、できるだけ本人に会わないことが肝要《かんよう》であって、作品を通じて作り上げた作者についてのイメージを大切に心のなかにしまっておくべきである。作者もそのほうを喜ぶであろう。なぜなら、彼は作品を通じてのみ読者とつき合うことを望み、そのためには恥も外聞も忘れた、彼自身の裸の姿と同時に、彼自身が到達したいと願う理想の人間像をも描きこんでいるからである。実生活においてまで、それと同じつき合いを求められることは作者にとって耐えがたいことであるにちがいない。

浅くとも永く

つき合いを、書いたものを通じるだけに限っておくことの安全なのは、いわゆるペン・フレンドとのつき合いについてもいえるだろう。手紙を通じておたがいに描きあっているイメージを、直接つき合うことによってこわしてしまうのは惜しいからである。

活字を通じてのつき合いを、更に進めて、直接筆者に手紙を書いたり、また筆者に会いたがったりするのは、芸能人のサインを欲しがったりするのと同じ趣味である。あまり高級というわけにはゆかない。しかしトルストイがロランに答えたように、読者の手紙に心から動かされて、自分の仕事を投げ打っても、長い返事を書かずにはいられないようなことは、凡庸《ぼんよう》な文筆家にあっても、しばしば起るのである。これは一種の結縁《けちえん》であって、大切にしなければならないが、それも手紙のやり取りぐらいにとどめておくほうが、長い交わりを結ぶことができるであろう。

「年若い時分には、私は何事につけても深く深くと入って行くことを心掛け、また、それを歓《よろこ》びとした。だんだんこの世の旅をして、いろいろな人にも交《まじわ》って見るうちに、浅く浅くと出て行くことの歓びを知って来た」と島崎藤村*が「六十歳を迎えて」と題して書いている。私も六十歳に近くなったせいか、人間同士のつき合いは、浅くとも、末までとげるのが一番であり、それがまた最もむつかしいことを知るようになった。

これを結びの言葉としたい。

ロマン・ロラン Romain Rolland 一八六六―一九四四 フランスの作家。著書に『ジャン・クリストフ』等。一九一三年、アカデミー・フランセーズ文学大賞、一五年、ノーベル文学賞受賞。

レフ・トルストイ Lev Nikolayevich Tolstoy 一八二八―一九一〇 ロシアの作家、思想家。著書に『戦争と平和』『アンナ・カレーニナ』『人生論』『光あるうち光の中を歩め』等。

島崎藤村 一八七二―一九四三 詩人、作家。代表作は『破戒』『春』『家』『新生』『夜明け前』等。『若菜集』『落梅集』等の詩集は『藤村詩集』にまとめられている。

あとがき

本書が昭和三十三年十月に刊行されたとき私は次のような「あとがき」を書いた。

「本書は昨年の末から約八カ月にわたって『週刊朝日』に連載したものである。そのときは高校生読本という副題がついていたが、そういうことには全くこだわらず、一般の社会人を頭に置いて、私はこれを書いた。というのは、私自身の経験から推して、とくに高校生を意識して書かれたような本は、却《かえ》って彼らに厭《いや》がられて読まれないことをよく知っているからである。

私は自分の貧しい人生経験のすべてを投じて、いわば体当りになって本書を書いた。これは私の内的自叙伝である。人生の練達者から見れば青臭《あおくさ》い読むにたえないところがあるにちがいないが、これが漸《よう》くにして私の書くことのできた、私自身に示す人生処方箋《しょほうせん》である。幸いに生き永らえて、この処方箋を書き変える日の来ることを祈りたい」

幸いにして本書は江湖《こうこ》の歓迎を受けて、爾来《じらい》幾度も版を重ね、その一部は中学や高校の教科書にも転載される光栄を担《にな》っている。
こんど「新潮文庫」に収めるに当って、私は丹念に読み返し、随所に辞句の修正を行った。この文庫本をもって本書の定本としたい。

昭和四十二年七月

河盛好蔵

解　説

岸見一郎

誰かとつき合えば必ず何らかの仕方で摩擦が生じる。しかし、人と関わることなしに生きていくことはできない。

河盛好蔵は別の著作の中で、ストア学派の考えを引きながら、次のように述べている（『愛・自由・幸福』）。

幸福はできるだけ他者との接触を避け、「人生の戦い」から逃避しようとするような消極的な生き方から得られるものではない。「幸福は生きていることの悦《よろこ》び」であり、「真の幸福は自己に非《あら》ざるものとの熱烈な交流のうちに存在する」。

他者はたしかに「自己に非ざるもの」なので、自分の理解を超えた他者とのつき合いは、「熱烈な交流」、しばしば「戦い」になる。しかし、幸福や「生の悦び」が「人生の戦い」に積極的に参加することにあるのなら、人とのつき合いに入っていかなければならない。

問題は、「イヤなやつ」ともつき合っていかなければならないこと。「お互に親愛の情を感じ合える人間同士のあいだには、交際術の必要はないのである」(本書一二頁)。

そもそも、自分自身が「イヤなやつ」かもしれない。河盛に好感を持てるのは、自分自身について語っているからである。自分はどうなのかを正直に語り、しかも、自分が完全な人間ではないことを明らかにしている。

河盛は「一般に文学者の談話が面白いのは、彼らは、どんなことでも、自分の目で見、自分の頭で考えて、それを人に話すから」(同五九頁)だといっているが、これは河盛自身に当てはまる。「何事についても、人からきいた話よりも、自分で体験した話の方が、きき手を感動させる」(同)といっているのも同じである。

そこで、自分もまたその「イヤなやつ」であることを認めた上で、人とつき合う法は、「自他のうちにある『イヤなやつ』の処理から始めなくてはならない」(本書一四頁)といっている。

その処理というのも、イヤな面を除去するというよりは、ありのままの自分と他者を受け入れることから始め、それを活かしていこうとするのだ。

かくて、読者は人とつき合う時はかくあるべしという説教ではないことに気づき安《あん》堵《ど》する。

本書は、もともと『週刊朝日』に連載されたものであり、その時は「高校生副読本」という副題がついていた。しかし、河盛はこれを書いた時にそういうことには全くこだわらず、一般の社会人を頭に置いて書いたとあとがきで述べている。「というのは、私自身の経験から推して、とくに高校生を意識して書かれたような本は、却《かえ》って彼らに厭《いや》がられて読まれないことをよく知っているからである」高校生でなくても、上から目線で道徳を垂れるような書き方をする本は御免蒙《こうむ》りたい。

フランス文学者である河盛は博覧強記で、古今東西の文献、とりわけフランスの作家、思想家の作品から数多く引用しているが、自分で体験して納得したこと以外は書いていない。「自分の貧しい人生経験のすべてを投じて、いわば体当りになって」（同二一九頁）書いた本であり、「私の内的自叙伝」（同）と河盛はいっているが、自分が見聞きしたことだけが記録されている体験談ではない。

本書を読んでいて、ふと三木清のことが思い浮かんだ。近年、必要があって三木の著作を集中的に読んでいたが、なぜ私の中で河盛と三木が結びついたのかはわからなかった。

そこで、調べてみたら、河盛が三木の知遇を得たのは京都大学の学生だった頃だと三木の『哲学ノート』の解説に書いているのを見つけた。

河盛は解説の中で、次のように書いている。

「私は、どんな問題についても、何かものを書くときには、いつも三木さんの『哲学ノート』を参考にすることにしている。なぜなら大ていの文化問題についての深い洞察と、明快な解説がこのなかに見出《みいだ》されるからである」

一つの問題についてぼんやりと曖昧《あいまい》に考えていたことが、三木と共に考え直すことで自分の考え方がいかに粗雑だったかに気がつき、急に自分の頭が緻密《ちみつ》になったような気がし、「別の問題」について考える時にも「三木さんと一緒に考えたことが大へんに役に立つ」と河盛はいう。

本書は、河盛が三木と一緒に考えたことを役立てた「別の問題」、つまり、「人とつき合う法」についての本なのである。

実際、三木の哲学書、哲学論文と河盛のエッセイとでは全くスタイルが違うように見えるが、論じ方の手法はきわめてよく似ている。

「三木さんの書いたものは、単に一つの問題についての三木さんの考えを述べただけではなく、その問題については、どのような考え方が可能であるかということを教えてくれる」

さらに、「その問題についての三木さんの考え方に賛成しない場合にも、なぜこちらが賛成できないかということを十分に納得することができる」と河盛が三木についていっている。そのことはそのまま本書に当てはまる。河盛も本書において、ある一つの考え方を提示するのではなく、その考え方を多面的に考察している。

例えば、友人との会話においては、主題は何でもよく、黙って顔を見ているだけで楽しいのが本当の友人だといった後で、しかしそういう友人とばかりつき合っているわけにはいかないし、親しい友人であっても、会うたびに話すことが決まっているようでは、その友情は長続きしないだろう、だから話題は人がつき合う上に大切だというふうにである。

また、イヤなのを我慢してつき合ってくれる友人と、イヤな時にはイヤだとはっきりと表明してくれる友人とどちらがありがたいだろうかという問いに、河盛は「これは簡単にはきめにくい」（本書二四頁）といっている。

このように、必ず「別の面から考察する」ことで、結論を一方的、断言的に読者に押しつけないので、読み終わってからも扱われた問題について考え続けることができ、反論することもできる。

本書は題名から予想されるような、人とのつき合い方について教えるハウツー物ではなく、哲学書なのだ。

哲学において重要なことは結論に到達することではない。それに到達する過程こそが重要であり、たとえ結論に到達しなくても、また一人の哲学者がいっていることに賛成できなくてもいい。共に考えることが問題の考察に役に立つのである。

河盛が三木から影響を受けたと思えるのは、パスカルのいう「幾何学的精神」である。この幾何学的精神を三木は豊富に持った人だと河盛はいう。この精神は、三木自身の説明では次のようである。

「現実の問題の中に探り入ってそこから哲学的概念を構成し、これによって現実を照明するということ」(『哲学ノート』)

河盛にとっての「現実の問題」とは、先に見たように「人とのつき合い方」である。人とのつき合いという現象から入り、本質を考察するといってもいい。

河盛は本書のことを「私自身に示す人生処方箋《しょほうせん》」であるといい、さらに、次のようにいっていることに注目したい。

「幸いに生き永らえて、この処方箋を書き変える日の来ることを祈りたい」(本書二一九頁)

自分の体験をもとに一度到達した哲学概念であっても、それは絶えず書き換えられなければならないのだ。

本書も決して完成形ではない。三木が自分の著した『哲学ノート』について、三木自身が次のようにいっていることが符合する。

「これはノートである以上、諸君がこれを完成したものとして受取られることなく、むしろ材料として使用せられ、少くとも何物かこれに書き加えられ、乃至《ないし》少くとも何程かはこれを書き直されるように期待したいのである」

河盛も読者にきっと同じことを求めるだろう。

若い頃よりも人生経験を重ねた今、私は本書を再読し、一人の友人のことを思い出した。私はもともとあまり友人は多くはなく、人づき合いは得意ではないので、本書にも出てくる「友達のできない人」の思いが手に取るようにわかる。だからこそ、カウンセリングをしてきたのだ。カウンセラーが人づき合いが得意で友人がたくさんいるようであれば、友人ができず、人づき合いが苦手な人の気持ちなど到底わからないだろう。

もうかれこれ十年以上前のことになるが、心筋梗塞《しんきんこうそく》で倒れ入院したことがあった。入院していた時、その年の四月から哲学の教授になった友人が私の夢に現れた。

「よかったね。おめでとう」

と私がいうと、いつも冷静沈着な彼はこういった。

「本当は君はそんなことをいうつもりはないのだろうね」

入院するしばらく前に、その友人から大学に就職が決まったことを知らせる葉書を受け取っていたのである。メールアドレスが書いてあったことを思い出した私はメールを送ろうと思って、妻に葉書を病院に持ってくるように頼んだ。就職を祝い、病気についての顚末《てんまつ》も書き添えた。救急車で搬送されたが、幸い一命を取り留め、今はリハビリに取り組んでいると書いた後、次のように結んだ。

「社会復帰できるまでにどれくらいかかるかはまだわからないのですが、今は仕事のことなどは考えないで療養するしかありません。忙しそうな様子ですが、くれぐれも無理されませんように」

こんなふうに書いてみたものの、仕事のことが頭から離れていなかった。学生の頃、同じ研究室で机を並べて哲学を学んだのに、私の方は研究職とは違う人生を歩み出していた。自分ではそのことを十分納得していたつもりなのに、自分が果たせなかった夢を実現した友人に妬《ねた》ましい思いを持っていたに違いない。

その夜、返事がきた。夢はその夜見たものだ。

翌日、彼は見舞いにきてくれた。私のことを心配して多忙であるのに駆けつけてくれたというのに、妙なことを考えた自分が恥ずかしかった。彼の顔を見た途端、私は号泣した。本書を読んだ人であれば、私がなぜこの友人のことをここに書いたかわかるだろう。

「その人のためには何を与えても惜しくないという友人をもつことは人生の至福ではないだろうか」（本書一五一頁）

本書を読むことで、真の友人と邂逅《かいこう》してほしい。

（二〇二〇年一月、哲学者）

本書は、昭和三十三年十月、新潮社より単行本として刊行され、昭和四十二年十月、新潮文庫に収録された。その後、平成十四年十二月、人間と歴史社より再び単行本として発行された。底本は新潮文庫版六十刷とし、新たに編集部作成による注を各編末に施した。

表記について

新潮文庫の文字表記については、原文を尊重するという見地に立ち、次のように方針を定めました。

一、旧仮名づかいで書かれた口語文の作品は、新仮名づかいに改める。
二、文語文の作品は旧仮名づかいのままとする。
三、旧字体で書かれているものは、原則として新字体に改める。
四、難読と思われる語には振仮名をつける。

なお本作品中には、今日の観点からみると差別的表現ととられかねない箇所が散見しますが、著者自身に差別的意図はなく、作品自体のもつ文学性ならびに芸術性、また著者がすでに故人であるという事情に鑑み、原文どおりとしました。

（新潮文庫編集部）

芥川龍之介著
侏儒《しゆじゆ》の言葉《ことば》・西方《さいほう》の人
著者の厭世的な精神と懐疑の表情を鮮やかに伝える「侏儒の言葉」、芥川文学の総決算ともいえる「西方の人」「続西方の人」など4編。

河合隼雄著
働きざかりの心理学
「働くこと＝生きること」働く人であれば誰しもが直面する人生の〝見えざる危機〟を心身両面から分析。繰り返し読みたい心のカルテ。

黒川伊保子著
恋愛脳
―男心と女心は、なぜこうもすれ違うのか―
男脳と女脳は感じ方が違う。それを理解すれば、恋の達人になれる。最先端の脳科学とAIの知識を駆使して探る男女の機微。

齋藤孝著
孤独のチカラ
私には《暗黒の十年》がある――受験に失敗した十代から職を得る三十代までの壮絶な孤独。自らの体験を基に語る、独り時間の極意。

三木清著
人生論ノート
死について、幸福について、懐疑について、個性について等、23題収録。率直な表現の中に、著者の多彩な文筆活動の源泉を窺わせる一巻。

村上春樹著
職業としての小説家
小説家とはどんな人間なのか……デビュー時の逸話や文学賞の話、長編小説の書き方まで村上春樹が自らを語り尽くした稀有な一冊！

井上靖著　幼き日のこと・青春放浪

血のつながらない祖母と過した幼年時代――なつかしい昔を愛惜の念をこめて描く「幼き日のこと」他、「青春放浪」「私の自己形成史」。

色川武大著　うらおもて人生録

優等生がひた走る本線のコースばかりが人生じゃない。愚かしくて不格好な人間が生きていく上での〝魂の技術〟を静かに語った名著。

大江健三郎著
聞き手・構成 尾崎真理子
大江健三郎 作家自身を語る

鮮烈なデビュー、障害をもつ息子との共生、震災と原発事故。ノーベル賞作家が自らの文学と人生を語り尽くす、対話による「自伝」。

小林秀雄著　作家の顔

書かれたものの内側に必ず作者の人間があるという信念のもとに、鋭い直感を働かせて到達した作家の秘密、文学者の相貌を伝える。

白洲正子著　白洲正子自伝

この人はいわば、魂の薩摩隼人。美を体現した名人たちとの真剣勝負に生き、ものの裸形だけを見すえた人。韋駄天お正、かく語りき。

徳川夢声著　話術

会議、プレゼン、雑談、スピーチ……。人生のあらゆる場面で役に立つ話し方の教科書。〝話術の神様〟が書き残した歴史的名著。

網野善彦著

歴史を考えるヒント

日本、百姓、金融……。歴史の中の日本語は、現代の意味とはまるで異なっていた！ あなたの認識を一変させる「本当の日本史」。

大野　晋著

日本語の年輪

日本人の暮しの中で言葉の果した役割を探り、言葉にこめられた民族の心情や歴史をたどる。日本語の将来を考える若い人々に必読の書。

木田　元著

反哲学入門

なぜ日本人は哲学に理解しづらいという印象を持つのだろうか。いわゆる西洋哲学を根本から見直す反哲学。その真髄を説いた名著。

坂口安吾著

堕落論

『堕落論』だけが安吾じゃない。時代をねめつけ、歴史を嗤い、言葉を疑いつつも、書かずにはいられなかった表現者の軌跡を辿る評論集。

司馬遼太郎著

歴史と視点

歴史小説に新時代を画した司馬文学の発想の源泉と積年のテーマ、〝権力とは〟〝日本人とは〟に迫る、独自な発想と自在な思索の軌跡。

末木文美士著

日本仏教史
―思想史としてのアプローチ―

日本仏教を支えた聖徳太子、空海、親鸞、日蓮など数々の俊英の思索の足跡を辿り、日本仏教の本質、及び日本人の思想の原質に迫る。

青柳恵介著
風の男 白洲次郎
全能の占領軍司令部相手に一歩も退かなかった男。彼に魅せられた人々の証言からここに蘇える「昭和史を駆けぬけた巨人」の人間像。

梯 久美子著
散るぞ悲しき
―硫黄島総指揮官・栗林忠道―
大宅壮一ノンフィクション賞受賞
地獄の硫黄島で、玉砕を禁じ、生きて一人でも多くの敵を倒せと命じた指揮官の姿を、妻子に宛てた手紙41通を通して描く感涙の記録。

神坂次郎著
今日われ生きてあり
―知覧特別攻撃隊員たちの軌跡―
沖縄の空に散った知覧の特攻隊飛行兵たちの、美しくも哀しい魂の軌跡を手紙、日記、遺書等から現代に刻印した不滅の記録、新装版。

佐藤 優著
国家の罠
―外務省のラスプーチンと呼ばれて―
毎日出版文化賞特別賞受賞
対ロ外交の最前線を支えた男は、なぜ逮捕されなければならなかったのか？ 鈴木宗男事件を巡る「国策捜査」の真相を明かす衝撃作。

森本哲郎著
日本語 表と裏
どうも、やっぱり、まあまあ――私たちが使う日本語は、あいまいな表現に満ちている。言葉を通して日本人の物の考え方を追求する。

養老孟司著
かけがえのないもの
何事にも評価を求めるのはつまらない。何が起きるか分からないからこそ、人生は面白い。養老先生が一番言いたかったことを一冊に。

人《ひと》とつき合《あ》う法《ほう》

新潮文庫　か－4－1

令和二年四月一日発行

著者　河《かわ》盛《もり》好《よし》蔵《ぞう》

発行者　佐藤隆信

発行所　株式会社新潮社

郵便番号　一六二―八七一一
東京都新宿区矢来町七一
電話　編集部(〇三)三二六六―五四四〇
　　　読者係(〇三)三二六六―五一一一
https://www.shinchosha.co.jp

価格はカバーに表示してあります。

乱丁・落丁本は、ご面倒ですが小社読者係宛ご送付ください。送料小社負担にてお取替えいたします。

印刷・株式会社三秀舎　製本・株式会社植木製本所

ISBN978-4-10-102605-3 C0195